문학평론가가 선정하고 해설한
2023 오늘의 좋은 시

구름 ⋮ 사이로 빛이 보이면

김지윤·맹문재·오연경 엮음

TODAY'S
GOOD POEMS
2023

문학평론가가 선정하고 해설한

2023 오늘의 좋은 시

구름 ：
사이로
빛이 보이면

김지윤 · 맹문재 · 오연경 엮음

푸른사상
PRUNSASANG

2022년에 발간된 문예지에 발표된 작품들 가운데서 72편을 선정해 수록한다.

코로나19, 자본주의, 도시, 기후 변화, 노동, 전쟁, 가족, 가난, 민족, 시 쓰기 등의 제재가 주목된다. 시인들이 오늘의 사회 상황을 깊게 반영한 것으로 보인다.

이 선집은 예년과 마찬가지로 좋은 작품을 수록하려고 노력했다. 그렇지만 워낙 많은 시인이 시단에서 활동하고 있기에 한계가 분명하다. 시인들의 혜량을 구한다.

이 선집은 작품의 우열을 가리기보다는 오늘의 시단 상황을 살펴보는 데 의의를 두고 있다. 성격이 뚜렷한 선집들이 많이 간행되기를 기대한다.

선집의 엮은이들은 책임감을 갖는다는 차원에서 작품마다 해설을 달았다. 필자의 표기는 다음과 같다.

김지윤=a, 맹문재=b, 오연경=c

2019년 12월에 발생해 전 세계가 고통을 겪고 있는 코로나19, 자본주의 체제로 인해 심화하는 인간 소외와 불평등, 지구 온난화와 기후 변화로 겪어야 하는 재난들, 러시아의 우크라이나 침략에서 보듯이 잔인한 전쟁들, 159명의 젊은이가 압사당한 이태원 참사, 일본은 사과하지 않는데 우리의 재원으로 일제 강제 징용 피해자들에게 배상하려는 반역사적인 정부, 서민들을 힘들게 하는 높은 물가와 대출이자, 친일 문인을 기리는 문학상……. 이 험난한 세상에서 좋은 시를 쓰기 위해 분투하는 시인들. 기꺼이 응원한다.

2023년 2월
엮은이들

차례

책을 내면서

2023
오늘의
좋은
시

drapetomania

— Samuel A. Cartwright, 「The Diseases and Physical Peculiarities of
the Negro Race」, 1851.

　한국입니다, 믿음은 신화고 혹은, 광기고, 한 발자국 걸을 때마다,
전지전능하신 십자가가, 종교처럼, 채찍질, 채찍질, 채찍질, 무릎을 꿇
리고, 복종을, 은혜를, 자비를, 달아나, 달아났어요, 달아났단 말입니
다, 실격입니다, 나는, 없는, 나는, 이유 없는, 나는, 아래, 발아래, 가
호 아래, 명목 아래, 뙤약볕 아래, 낭떠러지 아래, 나는, 깨어남, 나는,
여자입니다, 시인입니다, 여자 시인 아니고요, 여자입니다, 시인입니
다, 한국인입니다, 건강합니다, 잘 먹고, 농장처럼, 잘 먹고, 잘 걷고,
매일, 매일매일, 한 시간씩 혹은, 두 시간씩, 잘 웃고, 자다가, 꿈꾸고,
행복을 약속할 순 없지만 행복을 노력할 거라고, 꿈꾸고, 자다가, 자다
가, 떠납니다, 도망치듯, 여행을, 일상에서, 명분 없이, 이곳만 아니면
상관없는 듯, 열의로, 떠납니다, 준비가 되어 있습니다, 늘, 그렇게, 살
고 있습니다, 잘, 믿습니다, 종교는 학문으로만, 배웁니다, 나는, 이상
합니까, 어렵습니다, Negro, 니그로 혹은, 흑인, 어떻게 번역해야 하는
지요, 심사숙고, 고려해볼 것, 와전될 것, 극성떨 것, 깔끔 떨 것, 염병
떨 것, 꼴값 떨 것, 떨 것, 바르르, 떨어질 것, 엄살떨 것, 궁상도 떨 것,
지지리 떨 것, 그야말로 난리법석 떨 것, 다리 떨듯 복 나갈 것, 지능이
떨어지는 듯 재롱떨 것, 투쟁이 투정처럼 될 것, 어렵습니까, 이상합니
다, LA폭동, 소환됨, 코로나19 이후 아시아계 폭행이 잇따르고, 소환
됨, 미국의 한 방송에서 새해에 만둣국 먹는다고 말해 비난받은 한국
계 앵커, 소환됨, 탈출할 수 없는 편견, 소환될 예정, 약함, 더 약함, 더
더 약함, 폭력은 왜 전가되는지요, 전가는 왜 역사적인지요, 원인 없는

10

분노, 투척, 의뭉, 투척, 오래, 오래오래, 투척, 고발할 수 없는 정신 상태, 위협, 더 위협, 더더 위협, 살 수 있을까요, 떨어질 것, 바르르, 떨 것, 치를 떨 것, 하얀 이로, 하얀 이로, 하얀 이로, 수다를 떨 것, 하얀 이로, 하얀 이로, 하얀 이로, 불안에 떨면서, 목소리를 떨면서, 악착을 떨면서, 떨 것, 수다를, 떨 것, 흰자위로, 흰자위로, 흰자위로, 떨 것, 잘못되었다는 느낌, 잘못하지는 않았다는 확신, 익숙합니다, 선입견입니다, 한 발자국 걸을 때마다, 때마다,

(『청색종이』 2022년 봄호)

익숙합니다, 선입견입니다,
한 발자국 걸을 때마다, 때마다,

이 시의 제목인 'drapetomania'는 1851년 미국 의사 사무엘 A. 카트라이트
가 포로 상태에서 도망친 흑인 노예의 탈출 원인으로 가정한 정신 질환을 의
미한다. 제목부터 강렬한 이 시는 이 세상에 만연한 혐오와 선입견을 분명하
게 저격한다. 시는 달아난 아프리카인 노예의 시선으로 시작해서 다른 편견에
구속된 존재들로 옮겨간다. '여자이고 시인이고 한국인'인 권박은 이 시에서
희망고문, 가스라이팅, 회유, 위계를 통해 전달되는 은폐된 폭력에 대해 말한
다. 인종주의, 성차별과 같은 것들은 가시화되지 않거나 외면되곤 하지만, 차
별과 배제, 선입견이 뿌리 깊이 존재하며 은밀하게 작동하고 있다가 어떤 계
기를 통해 끔찍한 민낯을 드러낸다. 사회에서 기대하는 바와 어긋나거나 사회
에서 자기 자리를 부여받지 못한 사람들은 가치와 존엄을 훼손당하고 열등하
다고 간주된다. "지능이 떨어지는 듯 재롱떨 것, 투쟁이 투정처럼 될 것"이라
는 표현처럼 차별받는 이들을 통제되기 쉬운 존재로 전락시키기 위해 어린아
이처럼 무지하고 취약하게 만들고자 하는 전략이 작동된다. 이로 인해 억압과
배제, 멸시가 정당화되고 "탈출할 수 없는 편견"에 갇히며 "약함, 더 약함, 더
더 약함"의 연쇄에 빠지게 된다. 그들은 "복종을, 은혜를, 자비를" 구하며 "발
아래, 가호 아래, 명목 아래, 뙤약볕 아래, 낭떠러지" 아래에 있어야 한다. 그
런데 만약 그들이 각성하고, 도망치고, '이유'와 '명분'을 가지길 원하며 자기
목소리를 낸다면 폭력의 대상이 된다. 노예의 정신 질환을 진단해버린 카트
라이트처럼, '비정상'으로 규정하여 그들의 분노를 "원인 없는 분노"로 여기게
하고 "고발할 수 없는 정신 상태"로 만들어버리기도 한다. 이 폭력은 전가되
어 더 확대되고 증폭된다. 점점 더 많은 것들이 '소환'되고 심판대에 놓인다.

이를 극복하기 위해 할 수 있는 일은 무엇일까?

그것은 다름 아닌 "바르르, 떨 것, 치를 떨 것, 하얀 이로, 하얀 이로, 하얀 이로, 수다를 떨 것"이다. 모든 권력은 순응과 침묵을 요구한다. "치를 떨"고 "수다를 떨"면서 잘못된 것은 잘못되었음을 느끼고 말할 수 있어야 그것에서 벗어날 가능성이 생긴다. 그러나 편견에 구속된 존재가 저항하기 위해서는 익숙함, 죄책감과 싸워야 한다. "잘못되었다는 느낌, 잘못하지는 않았다는 확신" 속에서 갈등하며 그는 자신을 믿어야 한다. 그렇게 조금씩, "한 발자국 걸을 때마다, 때마다," 아주 느리고 미세하게 바뀔 세상에 대한 꿈을 저버리지 않고. ⓐ

나무는 누워서 말한다

강민숙

여기가 어딘지 묻지 않겠다

몇 동강으로 토막 난 내 몸뚱이가
갈 길이라면
차라리 눈을 감겠다
도끼날 번쩍 치켜들어
죄를 묻는 네 앞에서
허리 한 번 꺾지 않고 살아온 것이
죄가 된다면 내 어찌하리

내리쳐라
있는 힘껏 내리찍어라
갈기갈기 찢기어 허연 피 흘릴지라도
단번에 무너지지 않으리라
하늘만 우러러
걸어온 세월 아니더냐

저기 저렇게
푸른 나뭇잎들이 무리 지어
반짝여주고
아직 가지 않은 숲속 길에서
나무들이 손짓하고 있다

불을 지펴다오
한 줌 재가 되는
그날
나는 너의 죄를 물을 것이다

(『푸른사상』 2022년 겨울호)

아직 가지 않은 숲속 길에서
나무들이 손짓하고 있다

위의 작품의 "나무"는 생을 다하는 지점까지 대결 의지를 내보이고 있다. 자신의 생애가 "하늘만 우러러/걸어"왔기 때문에 부끄러움이 없다고 여기는 것이다. 하늘을 향해 부끄럼이 없을 때 비로소 대결하는 자세를 가질 수 있는데, 그와 같은 예는 윤동주의 삶에서 볼 수 있다. 그는 "죽는 날까지 하늘을 우러러/한 점 부끄럼이 없기를/잎새에 이는 바람에도/나는 괴로워했다."(「서시」)라고 고백했다. 민족의 한 구성원으로서 부끄럽지 않게 살기 위해 애쓴 것이다.

위의 작품에서 "나무"가 대결 의지를 포기하지 않을 수 있는 근거는 도덕적인 차원만이 아니라 "저기 저렇게/푸른 나뭇잎들이 무리 지어/반짝여주고/아직 가지 않은 숲속 길에서/나무들이 손짓하고 있"기 때문이다. 자신과 함께하는 "나무들"이, 다시 말해 바른 이념이나 가치를 추구하는 존재들이 함께하고 있기 때문이다. 이와 같은 면은 시인이 사회적 존재로서 추구하는 궁극적인 가치이다. "나무"의 대결 의지는 개별적인 것이 아니라 연대적인 것이다. (b)

전기(電氣)의 우화(羽化)

강태승

미성아파트 변압기는 지하로 내려가야 만난다
이십오 년 인쇄 출판 경작하다 다 털어먹고
지하로 내려간 날은 한여름이어서 소나기
달려가고 햇빛 까맣게 그을리느라 부산해도
지하에서 올려다보면 한결 푸르렀다
바닥에서 올려다본 적은 있었지만
바닥에 넘어져 등짝으로 보는 것과 달리
바닥 아래로 넘어진 지하의 저녁에서
집집마다 켜지는 전등은 꽃처럼 피어났다
바닥에서 지하로 무너진 것이 오히려
행운이라는 생각은 지하에 내려오면
꿈마다 떡잎이 손끝발끝에서 인사를 하는
언제나 지하수 솟아나 마르지 않는 뼈,

집집마다 다녀온 전기 그냥 돌아오지 않고
가구마다의 이야기 환하게 풀어놓는다
외롭거나 고독한 어둡거나 침침한 내재율
제 몸 달구어 음침한 골목길 밤새워 지키며
술 취하거나 병든 사람들의 오장육부에
문득 채송화 민들레 해바라기 피우는
눈보라 쏟아지는 날에는 나비가 되어
멍든 사람들의 핏속 뼛속을 날기도 하는

전기가 변압기 속에서 웅웅거린다
거친 안이비설신의 다녀오느라 지친 몸
저 홀로 양극과 음극에 접혀 있지만,
누군가 스위치 올리면 알몸으로 달려가
마른 가지 끝에도 뜨거운 꽃을 피울 것이다.

(『생명과문학』 2022년 봄호)

누군가 스위치 올리면 알몸으로 달려가
마른 가지 끝에도 뜨거운 꽃을 피울 것이다.

위의 작품의 화자는 무생물인 "전기(電氣)"도 "우화(羽化)"한다고 인식하고 있다. 전기가 날개 있는 엄지벌레로 변한다는 화자의 놀라운 상상력은 삶의 체험에서 나온 것이다. 다시 말해 "미성아파트"의 전기가 들어오려면 지하에 있는 "변압기"가 정상적으로 작동되어야 한다는 것을, 화자는 지하에 들어가서야 비로소 발견한 것이다. 전기란 꽃(우화)도 뿌리가 있어야 가능하다는 사실을 깨달은 것이다.

화자는 이와 같은 이치를 자각하면서 삶에 대한 가치관을 바꾸었다. "이십오 년 인쇄 출판 경작하다 다 털어먹고/지하로 내려간 날"은 절망스러웠지만, 그 절망의 끝에서 올려다본 하늘은 더 푸르렀다. 전등도 더 밝았다. 그리하여 "바닥에서 지하로 무너진 것이 오히려/행운이라는 생각"이 들었다. 그것은 자신의 꿈을 포기하는 것이 아니라 "침침한 내재율/제 몸 달구"는 것이다. "누군가 스위치 올리면 알몸으로 달려가/마른 가지 끝에도 뜨거운 꽃을 피"울 수 있게 자신을 지키는 것이다. (b)

청소노동자를 만나다

권위상

강의실과 화장실 구석구석을 쓸고 닦는
연세대학교 청소노동자들이 땀을 닦는다
온몸이 땀에 절어 몸을 씻어야 하는데
씻을 곳이 없다
저 명물 분수대는 물줄기를 뿜어 올리는데

그들이 모였다
샤워실 몇 개 더 늘려달라고
440원만 더 올려달라고
정년퇴직하는 자리 메워달라고
외침은 허공으로 분산될 뿐
하나도 바뀌지 않는다

학생 몇은 수업에 방해된다며
고소 고발하고 돈으로 물어내라 한다

어쩌다 이런 일이 발생했을까
이 사태를 누가 책임져야 할까

답은 있는데 답이 없다
답이 있는데 답을 찾지 않는다

위로와 연대를 위해 방문한 시인들
낭송한 시가 청소노동자들에게 위로가 될까
폭염 속에
매미가 악착같이 울어댄다

(『미래시학』 2022년 여름호)

답은 있는데 답이 없다
답이 있는데 답을 찾지 않는다

2022년 5월 연세대학교 재학생 3명이 학교 청소노동자들의 시위로 발생하는 소음으로 말미암아 수업권이 침해되었다고 형사 고발을 했고, 6월에는 640만 원을 지급하라고 민사소송을 제기했다. 연세대 청소노동자들의 요구사항은 시급 440원 인상, 퇴직한 인원 충원, 샤워실 설치 등이었다. 청소노동자들은 연세대가 요구를 들어주지 않자, 매일 오전 11시 30분 학생회관에서 팻말을 들고 집회를 진행했다. 이에 학생들이 수업권을 침해받았다며 고발한 것이다.

위의 작품의 화자는 "어쩌다 이런 일이 발생했을까"라고 묻는다. "이 사태를 누가 책임져야 할까"라고 고민도 한다. 화자의 궁금증과 고민은 난제가 아니다. "답이 있는데 답이 없"을 뿐이다. 곧 "답이 있는데 답을 찾지 않"고 있는 것이다. 그 우선 사용자인 연세대가 나서야 한다. 하청 회사와 노동자와 학생들의 갈등을 근본적으로 해결하는 방법인 것이다. (b)

짐
— Gym, 그리고 짐

김건영

도시란 무엇이냐
발악을 기르고 마른 사람은 비만이 된다
땅을 접어 건물을 올리고
날카로운 검은 권력에 휘둘려 상하를 가르고……
전무후무 후안무치 하수도지
무릇 선생은 대가리부터 썩는 법
내가 독으로 깃들겠소
도대체 시란 무엇이냐

돼지가 날고 있어요 돼지는 원래 날아 죽어서 입에서 입으로 전해
진다
대지도 날고 있다 가격이 가격이 아니다
난로 앞에 있으면 어지러워진다
난로(難老)는 어지러워
가난한 사람들은 난로 앞에 모인다
아무도 울지 않는 법은 없다
미안해요 미안해 이런 말 속에도 독이 들어 있다
몸속에 폭탄이 있는걸요
고독(蠱毒)은 삼킵시다
침 뱉는 새끼들 존나 싫더라
치유는 유치하니 공상(供上)을 즐깁시다
마야의 힘은 아마 야마[山]가 돌게 하는 일
사랑은 나의 궐련

나는 코끼리처럼 말에게 속삭인다

이미지옥(Image獄)이야 너는 너를 벗어나지 못해

네 뜻대로 되지 않을 거야

물음표는 너나 가져

네가 사랑하는 고양이에게 들개들에게 꽝꽝 깨물리기를

뼈다귀 같은

물음표 대신 불음표를

물음표 대신 울음표를

귀신은 질문을 한다

질문하는 자는 모두 귀신이다

잠든 사이 운동을 하는 자가 있다

밤새도록 그림자가 누워 있는 너를 작도해주는 것을 알아야지

나유타, 네가 세다가 잠들 한 마리 양의 이름

여러분 숫자에 연연하세요

영(零)은 귀신이다

양(量)을 키우자

코인의 명복을 빕니다 주식(主食)으로 사람을 삼자

달이 명멸할 때는 그림자도 잠시 죽는다

당이 멸망하기를

당(糖)은 달다

당이 키워낸 양들을 위해

사탕의 눈으로 저주를 내려야지

너는 매사에 주저하지 말기를

사고 사고(四苦) 또 사고(事故) 네 삶을 풍족히 하라

좋은 마음으로 사람을 눈 사람이 있다

그런데 어째서 사람이 아닐 때가 있는지

골목에서 어른거리는 아이들이 침을 뱉고 있다

겨울을 보여줄까 꼬마 눈 사람

귓속의 비가 긋지 않는다

매미들이 여름을 방송하고 있다

이 번역은 오류, 오류입니다

내리실 분은 저쪽으로 꺼지세요

착한 사람들이 내 눈물을 밟고 잘도 산다

거름아 날 살려라 이것은 나의 변증법(便證法)

상표의 표상은 날카롭다

가난은 그저 조금 난감한 일일 뿐이었는데

가격이 나를 가격한다

아이돌은 우상(愚像)이라는데

아빠의 아파트를 따르는

남의 아비 따블 따따블

아빠가 양화를 구축한다

노블리스 오물 위주

아귀(餓鬼)가 타고 있어요

불리(不利)를 보면 참지 못하는

귀신에게 사람이 씐다

아이가 부족하니 노인들이 아이가 되누나

우회전(愚回轉) 만세 우회전(愚回轉) 만만세

그러니까 이제
문학이란 무엇인가
무당이란 무엇인가
  질문을 하면 귀신에게 편지를 받는다 안녕하세요 당원 여러분 슬픔
도 기쁨도 모두 하청을 줘버립시다 시가 좀 시끄럽죠 이게 시냐 식초냐
그러나 누구나 가슴속에 삼도천 하나쯤은 있는 거잖아요 그저 아름다
운 샤먼초가

(『애지』 2022년 가을호)

누구나 가슴속에 삼도천 하나쯤은 있는 거잖아요
그저 아름다운 샤먼초가

이 시는 부정성으로 가득한 세상 한복판에서 문학의 존재 이유를 묻는다. "도시란 무엇이냐/발악을 기르고 마른 사람은 비만이 된다/땅을 접어 건물을 올리고/날카로운 검은 권력에 휘둘려 상하를 가르고……/전무후무 후안무치 하수도지/무릇 선생은 대가리부터 썩는 법/내가 독으로 깃들겠소/도대체 시란 무엇이냐".

권위적이고 부패한 지식으로 가득한 "선생은 대가리부터 썩는" "전무후무 후안무치"의 세상의 위계를 시인은 힘껏 비웃는다. 그리고 "내가 독으로 깃들겠소"라고 선언한다. "도대체 시란 무엇이냐"는 통렬한 질문을 던지며, 그는 세상이 기대하는 '정답'이 아닌, 자기만의 대답을 하려 고심한다. 그는 주어진 답을 의문 없이 인정하고 받아들일 생각이 없다. 다양성과 다름이 용납되지 않고, 하나의 독점적인 생각이 지배하는 세상이 된다면 가능성은 파괴된다.

"이미지옥(Image獄)"이라는 말에서 드러나듯, 이미 지옥이 되어버린 세상에서 문학도 존재 이유를 잃어가고 있다. 이미지들은 감옥에 갇힌 것처럼 도식화되고 세상을 자신의 언어로 번역해내려고 하는 시인의 시도도 "이 번역은 오류, 오류입니다"라는 구절처럼 계속 실패에 부딪친다. 그러나 그는 이미지를 해방시키고, 세상을 자기 식대로 이해하려는 시도를 그치지 않는다. 말장난처럼 계속되는 문장들도 그러한 시도의 편린들이다. 그는 계속 질문한다. "뼈다귀 같은/물음표 대신 불음표를/물음표 대신 울음표를/귀신은 질문을 한다/질문하는 자는 모두 귀신이다"라는 말을 덧붙이면서.

"우회전(愚回轉) 만세 우회전(愚回轉) 만만세"라는 말처럼 계속해서 '어리석은 회전'을 거듭하며 자꾸만 더 먼 길로 돌아가려는 것은 정해진 최적의 행

로로 안내하는 삶의 모든 이정표들을 무시하기 위한 것이다. "그러니까 이제/
문학이란 무엇인가/무당이란 무엇인가/질문을 하면 귀신에게 편지를 받는
다"는 구절처럼, "문학이란 무엇인가"라는 질문은 "무당이란 무엇인가"라는
질문과 함께 나란히 놓인다. 문학은 곧 질문을 던지는 과정이며 그것이 "귀신
에게 편지를 받는" 과정과 비슷하다면, 글을 쓰는 사람은 마치 무당과 같은
존재라고 할 수 있다. 무당이 귀신과 상통하는 것처럼, 문학은 삶의 신비들과
소통하는 통로가 되어준다. 문학을 통해 우리는 미지의 것들과 교감할 수 있
다. 그 과정에서 수많은 질문과 무수한 대답들이 이어지거나 중첩된다. 그러
므로 시는 시끄럽다.

"시가 좀 시끄럽죠 이게 시냐 식초냐"라면서도 이 시는 그 '시끄러움'이 바
로 문학의 본질이라는 생각을 드러낸다. "누구나 가슴속에 삼도천 하나쯤은
있는 거잖아요"라는 것을 인정하면 모두의 목소리가 뒤섞이는 이 뜨거운 질
문들의 도가니는 곤혹스러우면서 매혹적인 "그저 아름다운 샤먼초가"가 될
수 있다. 시인은 '질문하는 귀신'이 되어 계속해서 희망의 가능성을 묻고, 날
카로운 청력으로 세상의 무수한 질문들에 귀를 기울인다. 그리고 수많은 답변
들을 상상한 후, 다시 묻고 또 물을 것이다. 그러니까 이제 문학이란 무엇인
가? (a)

나의 백만 원 계산법 － 2021년

김경미

마음에 절대로 없는 사람들과 밥을 먹고
당연한 듯 밥값을 내고 나오면

언제나 백만 원이 나온다
항상 백만 년이 나온다

차라리 기차를 백만 원어치 탈걸
천천히 양말을 백만 원어치 고를걸
수상택시를 타고 백만 원어치 바다를 달려 제주도에 눌러앉을걸

백만 원 후에는 언제나 소나기가 내리는 법
차라리 삼백 개의 비닐우산을 살걸

일회용 칫솔과 비누 천 개,
혹은 김밥 50인분과 소주를 사서
기차역 앞에서 나눠줄걸

언제나 기부와 적선이 되는 법

마음에 없으면 언제나 백만 원이 나온다
4만 166일 114년 백만 년이 든다

그러므로 양말을 뒤집어
날 좋아하지도 않는 사람들이 나 때문에
백만 단위를 쓰지 않도록
114년이나 우산도 없이 소나기 맞지 않도록

극도로 조심하는 나는
언제나 소수점 이하 다섯 자리 같은 나는
언제나 점심값 백만 원을 대비하며
백만 년을 사는 나는

(『릿터』 2022년 4/5월호)

언제나 점심값 백만 원을 대비하며
백만 년을 사는 나는

　흔히 시간은 돈으로 환산된다. 경제학적인 논리로 선택에 따른 기회비용을 계산하는 것은 명확하고 단순한 계산법으로 보이지만, 실은 이미 선택한 기회에 들인 시간의 질적 에너지, 특히 감정의 기회비용 같은 것은 계산에 넣지 않는 편향된 계산법이다. 이 시는 살면서 비용을 지불하지 않고 사용하는 타인의 감정에 대해 시인만의 계산법을 제시하고 있다. "마음에 절대로 없는 사람들과 밥을 먹"는 일, 심지어 그 자리의 밥값까지 내게 되는 일은 누구나 겪어봤음 직한 일이다. 화자는 이런 자리에 치러야 하는 대가가 "언제나 백만 원"이라고 말한다. 그리고 나서 백만 원으로 할 수 있는 일 중 저 자리의 밥값보다 상대적 우위를 갖는 선택지들을 나열한다. 기차 백만 원어치, 양말 백만 원어치, "삼백 개의 비닐우산" "일회용 칫솔과 비누 천 개" "김밥 50인분과 소주"는 물량으로 표현했지만 실은 이 구매품들을 사용하는 데 걸릴 장기간의 시간을 함축한다. 그러니까 화자가 지불한 백만 원은 화폐 가치가 아니라 "4만 166일 114년 백만 년"의 시간적 가치로 환산되어야 하는 것이다. "마음에 없으면 언제나 백만 원이 나온다"는 것은 돈으로 치를 수 없는 마음의 값, 늘 공짜로 제공되고 셈해지지 않는 감정 비용을 말한다. 타인에게도 이런 값을 치르게 할까 "극도로 조심하는" 화자의 계산법은 우리 사회에서 '자유재' 또는 '공공재'처럼 취급되는 감정의 값을 쳐주는 계산법, 다시 말해 하찮게 여겨지는 것을 높이 사는 역설적 계산법이라 할 수 있다. (c)

시를 찢다

김기택

시를 찢는데 종이만 찢어진다
난폭한 힘에 글자와 문장도 찢어지지만
생각하는 것만 생각하는 생각은 찢어지지 않는다
찢어진 문장에서 피가 나지 않는다

두 조각 네 조각 갈라질 때
찢어지는 시가 야윈 손을 잡아당기는 느낌
그 느낌을 매몰차게 뿌리칠 때
지긋지긋한 관계를 떨쳐낸 것 같은 소심한 통쾌함

찢어지지 않은 것들은
이미 쓴 시들 속 어딘가에 스며들어 있을 것이다
더 격렬하게 찢어질 글자와 문장은
앞으로 쓸 시에 벌써 숨어 들어갔는지 모른다

찢어져야 할 것이 찢어지지 않아서
종이 비늘이 흉하게 드러난 굴곡은 더 거칠어진다
바다가 물어뜯은 해안선 같다
파도가 해안을 다 뜯어낼 기세로 달려들지만
망망대해를 다 몰고 와 달려들지만
물만 찢어지고 바위는 찢어지지 않는다

갈라진 종이 사이로 허공이 밀려들어올 때
허공이 점점 커지고 컴컴해질 때
막막한 침묵 어디에선가 오고 있을 것만 같은
아직 쓰지 못한, 써본 적 없는, 문장들

(『문학들』 2022년 겨울호)

막막한 침묵 어디에선가 오고 있을 것만 같은
아직 쓰지 못한, 써본 적 없는, 문장들

무언가를 이루는 것은 힘들지만, 이룬 것을 넘어서는 일은 더 힘들다. 그러나 그것보다 더 어려운 일은 그것을 아예 무너뜨리는 것이다. 시인은 시를 찢으려 한다. 그것은 단순히 종이를 찢는 일과는 다르며, 자신이 힘겹게 쌓은 것을 스스로 파괴하는 일이며 다시 원점으로 돌아가려는 시도이다. 이것이 도무지 쉽지 않은 일이기에 "시를 찢는데 종이만 찢어진다/난폭한 힘에 글자와 문장도 찢어지지만/생각하는 것만 생각하는 생각은 찢어지지 않는다"라고 그는 탄식한다. 그러나 사실 쉽게 찢어져서는 안 된다. 시를 찢으며 시인은 자기 자신도 찢어야 되기 때문이다. 그렇기에 이 "찢어진 문장"은 피를 흘린다.

"두 조각 네 조각 갈라질 때/찢어지는 시가 야윈 손을 잡아당기는 느낌"이 들어도 그것을 "매몰차게 뿌리칠 때" 비로소 시를 제대로 찢어버릴 수 있다. 아무리 떨쳐버리려 해도 오래된 관성과 나쁜 습관이 스며들어오고, "흉하게 드러난 굴곡"을 노출하고 있는 낡은 것들이 속절없이 미래를 오염시키고 있을 때, 대체 어찌하면 좋단 말인가?

그러나 우리가 미래에 대한 믿음을 가질 수 있는 건, "막막한 침묵 어디에선가 오고 있을 것만 같은" 미지의 "써본 적 없는, 문장들" 덕분이다. "찢어져야 할 것이 찢어지지 않아서" 생기는 고통은 단지 시 쓰는 일에만 해당되는 것은 아닐 것이다. 지금도 이 세상 여기저기서 누군가는 안간힘을 쓰며 찢고, 누군가는 다시 새로운 백지를 펼친다. (a)

귤이 파란을 버릴 때

김려원

지금은 귤이 파란을 버릴 때
속마음과 겉이 같아지는 때
어느 이름난 마을과 이웃이 모반을 꿈꾸다
숨긴 생각 모조리 들켜버리는 때
울타리를 버리고 가시를 버리고
집 바깥을 버리고
밭으로 들어간 품종들

오래전 야반도주한 우리 집 탱자 울타리가
밭 하나를 온통 차지하고는
비좁다, 비좁다, 제 구역 늘리며 노래져 왔다.

귤은 손을 많이 타는 과일
가시 울타리를 밀치고 가출한 오빠 같고
활짝 펴진, 찡그렸던 꼭지들은
양손 가득 선물꾸러미를 들고 돌아올 오빠 같지만
어느 밭에선가 파란을 버리고 있거나
어느 가판대에서 가지런해지고 있을 것이다.

하나로도 둘로도 낱개로는 팔지 않는 귤은
일종의 화폐단위인 봉지들의 속셈

가시를 매단 탱자 울타리들은
이 마을에서 저 마을로 옮겨 다니며
추위 근방을 지키고 있다.

(「하동문단」 2022년)

지금은 귤이 파란을 버릴 때
속마음과 겉이 같아지는 때

위의 작품의 화자는 "귤"이 익어가는 시기를 "파란을 버릴 때"라고 비유하고 그 의미를 제시하고 있다. 그 시기를 "속마음과 겉이 같아지는 때"라고, 다시 말해 "마을과 이웃이 모반을 꿈꾸다가/숨긴 생각 모조리 들켜버리는 때"라고 본다. 그리하여 "귤"은 "울타리를 버리고 가시를 버리고/집 바깥을 버리고/밭으로 들어간"다. 울타리를 버린다는 것은 일반적으로 바깥으로 나가는 것을 의미하는데, 위의 작품에서는 안으로 들어오는 것으로 관점을 바꾸었다. "오래전 야반도주한 우리 집 탱자 울타리가/밭 하나를 온통 차지하고는/비좁다, 비좁다, 제 구역 늘리며 노래져 왔다"고 좀 더 구체화했다.

화자는 "귤"을 통해 가족 공동체를 추구하고 있다. "귤은 손을 많이 타는 과일"이어서 "가시 울타리를 밀치고 가출한 오빠 같"다거나, "하나로도 둘로도 낱개로는 팔지 않는 귤은/일종의 화폐단위인 봉지들의 속셈"이라고 인식한 것이 그 모습이다. 가까운 혈육들이 함께 생활하는 형태는 오랫동안 이어져 온 인류 생활사이다. "가시를 매단 탱자 울타리들"이 "추위 근방을 지"켜 이룬 노란 귤들의 마을은 정겹고 따스하다. (b)

물 만지기

깨끗한 물을 뜬다

우리는 기도를 맡은 여자들이었다

우리가 우리로 사는 동안
누구는 지문이 다 닳았다고, 누구는 무릎이 양초처럼 만질만질해졌
다고, 누구는 눈꺼풀이 온몸처럼 무거워졌다고 했다 이제는 죽은 이가
먹고 남긴 것으로 차린 상이 익숙하다고, 산 입에 넣을 밥을 짓는 일
이, 걷거나 달리는 일이, 움직이는 신체가 어색하다고

시간이 움직인다
무한한 시간
시간의 무한한 움직임
무한한 기적 무한한 분노 무한한 절망 무한한 폭력 무한한 태어
남……
무한한 것들 중 우리가 가진 것을 떠올려보았지

우리에게 주어진 재료들
우리
우리의 우리 됨

초가삼간 다 태워버릴 불을 원하는 마음

불타는 방에 앉아 잘 타는구나, 하는 것
그것이 적당한 기도로 보이는 것
이런 마음을 뭘 아느냐고 물어볼까

무릎을 더욱 꿇어볼까
종아리가 허벅지를 파고들도록
더 깨끗한 물을 구해볼까
뜬 물을 더럽히지 않는 움직임을 달라고 해볼까

다른 곳을 원한 적 없었다고
난 자리에서 먹고 자고 난 자리를 파헤치고 뒤집고 구덩이를 파고
산을 만들고 약속을 하고 약속을 깨부수고
이곳의 구덩이 속에서, 산 위에서
부서진 약속들 위에 무릎을 꿇고
무릎이 눌어붙도록
난 자리에서 죽도록 기도를
맡아 해왔다고

새집에 가면 신당부터 만드는 친구들
기도를 수치로 여기지 않는 친구들아

기도는 어떻게 우리의 것이 되었나

기록 바깥에 있는 사람들
영원을 믿으며 영원이 되고 싶지는 않은 사람들
사랑하는 사람들

사랑하는 귀신이 밤새 쫓아다니는 꿈이라면 그걸 악몽이라고 할 수
있겠니?
사랑하는 귀신이 천장에 붙어 밤새 너를 지켜보고 있다면
지켜주고 있다면
살아서 기도하고 죽어서 너를 지키는 약속이라면

약속해
깨끗하기로 이름난 물을 뜨러 갔지
수면이 온 세상의 부스러기를
온갖 잡스러운 날씨를, 불순물을 끌어들이고 있었지
두 걸음만 떼면 온갖 것들이 둥둥 떠 있었지

너무 깨끗한 물이었지 그보다 깨끗할 수는
그보다 잘 보여줄 수는 없었지
더럽고 징그러운 것

조야한 신당들
신을 닮은 행락객들 지나

지문 하나 찍히지 않은
아주
깨끗한
물 한 사발 떠왔지

(『문학동네』 2022년 겨울호)

너무 깨끗한 물이었지 그보다 깨끗할 수는
그보다 잘 보여줄 수는 없었지

　이 시의 화자 '우리'는 누구인가. 우리는 "기도를 맡은 여자들", 지문과 무릎이 닳고 피로가 쌓이도록, "움직이는 신체"가 어색할 정도로 기도를 맡아온 여자들이다. 기도는 "죽은 이"를 위한 의례이자 "난 자리"의 안녕과 유지를 위한 약속이며, "깨끗한 물"은 그 약속이 실현되기를 바라는 마음을 담은 것이다. 그러나 "무한한 것들 중 우리가 가진 것" "우리에게 주어진 재료들" "우리의 우리 됨"을 고민하기 시작하면서 기도는 주어진 것이 아니라 "우리의 것"이 된다. 이제 우리의 기도에는 초가삼간 지켜줄 "더 깨끗한 물"이 아니라 "초가삼간 다 태워버릴 불을 원하는 마음"이 끼어든다. 기적, 분노, 절망, 폭력, 태어남이 계속되는 동안 "기록 바깥에 있는 사람들"로 살아온 우리는 기존의 약속을 깨부수고 다른 약속을 기록하기 시작한다. 그것은 "온 세상의 부스러기" "온갖 잡스러운 날씨" "불순물"을 끌어들인 수면, 그 위에 떠오른 "더럽고 징그러운 것"을 보여주는 기록이다. 이로써 기도는 "사랑하는 사람들"과 "사랑하는 귀신"이 물을 매개로 서로를 지켜주며 다른 역사를 쓰는 일이 된다. 그렇다면 이 시의 제목 '물 만지기'는 "우리가 우리로 사는 동안" 주어진 기도의 역할을 "우리의 우리 됨"을 투사한 역동적 실천으로 바꾸어가는 과정을 의미하는지도 모른다. (c)

실화

그때 그 일은 너무 과장됐어, 라고 말했는데
무슨 일? 하고 너는 말했다.
다 잊었구나, 그렇다면 다행이라고 나는 생각했고
어쩌면 그 일의 먼 바깥에서만 유난히 무덥던 그 계절은 계속되었던
모양이었다.

나중에 네가 다시 그 일을 상기시켰을 땐

그게 뭐였지? 하고 나는 되레 물었다.
우리가 알고 있는 사실이 서로 다른 게 아닐까, 아니면 우리와 전혀
무관한 일이었거나.

감추려던 건 아닌데

또 한참 시간이 흘렀다. 물가에 앉아 발을 담그고 가끔 돌을 던지기
도 했다.
어둑해져서 불을 피웠는데 서로의 표정은 읽을 수 없었다.
소쩍새 울음을 들었고 거기엔 숨은 의미가 없어서 무심히 빠져들어
도 안심이 됐다.

이렇게 모이지 않았다면 거릴 지나다 마주쳐도 서로 못 알아봤겠지.
뭔가에 쫓기듯 바삐 흘러다녔을 테고
차갑고 신중한 사람이 되었을 테고

자기를 빼닮은 아이를 낳았겠지.
아마 그랬겠지.

그때 그거 있잖아, 하고 말하고 싶었지만 우린 약속한 듯이 말을 아
꼈다.
그 일이 진짜 일어났었다면 모를 리가 없는데

피부병을 앓던 아이의 하얀 껍질이 달빛에 섞여 묽게 흐르는 듯했
다.

(『서정시학』 2022년 여름호)

피부병을 앓던 아이의 하얀 껍질이
달빛에 섞여 묽게 흐르는 듯했다

　　타인과 내가 과거의 경험을 공유한다는 것은 어떤 의미일까? "그때 그 일"
이라는 말은 특정 시점과 특정 사건을 지시하고 있지만, 그것의 구체적 내용
은 경험을 공유하고 있는 이들끼리만 떠올릴 수 있는 것이다. 그러니까 "그때
그 일"이라는 막연한 언급은 말하는 이와 듣는 이가 각자의 기억 속에서 동일
한 대상을 끄집어낼 것이라는 믿음을 전제한다. 마치 상대와 내가 공유하고
있는 서랍 속에 명확한 외연과 내포를 지닌 하나의 물건이 고이 간직되어 있
는 것처럼. '실화'라는 말은 이처럼 단단하게 고정된 어떤 사건의 존재를 지시
한다. 그러나 우리는 과연 그 '실화'라는 물건을 꺼내 함께 들여다볼 수 있을
까? 내가 먼저 꺼내려 하면 "무슨 일?"이라는 너의 물음이 돌아오고, 네가 다
시 꺼내려 하면 이번엔 "그게 뭐였지?"라는 나의 반문이 튀어나온다. 이렇게
되면 "그때 그 일"이라는 실화의 존재는 의심받기 시작한다. 하지만 "그 일이
진짜 일어났었다면 모를 리가 없"을 정도로 그것은 강렬하고 중요한 사건이
었을 것이다. 우리는 서로에게 이 실화의 유일한 보증인인데, 이렇게 모이지
않았다면 알아보지도 못했을 우리는 너무나 약하고 너무나 믿을 수 없는 보증
인인 것이다. 그러나 마지막 연을 보면 실화가 남긴 상처는 지금의 달빛에 섞
여 흐르고 있다. 실화는 분명한 외연을 지닌 대상으로 소환될 수 있는 것이 아
니라 서로 어긋나고 주저하는 대화 속에 가까스로 만져질 것 같다 사라지는
불확정적이고 모호한 것, 그러나 여전히 너와 나 사이에 흐르면서 살아 있는
것이다. (c)

어떻게 생겼나요?

김상희

이 인공호수는 32년간 물을 간 적이 없다
사람이 죽어도 떠오르는 것만 건졌다

원형으로 이루어진 인공호수 주변을 걷다가 갈피를 잃었다
그런 일은 나에게 절대로 일어나지 않을 것이라는 표정으로
나를 지나쳐 뛰어가는 사람들처럼
나도 종종 그랬다

길고양이들은 어디에 있을까
길에 고양이가 없는 것이 이상하다고 말했다
차에 치여 죽은 고양이들도
유리창에 머리를 부딪혀 죽은 새들도
내 눈에는 보이지 않았다

컨베이어 벨트에 사람이 끼여서 죽었다는 기사를
수십 번 보아도
컨베이어 벨트가 어떻게 생긴 것인지 알지 못했다

사람을 저렇게 많이 그것도 여러 번 죽인 것은
어떻게 생겼을까
얼마나 강한 이빨을 가졌을까

그렇지만 내가 아직도 컨베이어 벨트의 생김새를 모르는 것처럼

숨을 들이마시고 내뱉으며 조깅을 하는 트랙 옆
인공호수에 32년간 무엇이 빠지고 또 건져졌는지
알 수 없는 것처럼
아무것도 믿기지 않았다

자동차 아래에 몸을 웅크리고 숨어 있는 고양이에게
당신은 어떻게 생겼나요?
하고 물어도 대답해주지 않는다
내 눈에 보이지 않아도 자꾸만 죽고 다치는 것들이 있었다

트랙을 걷는데 앞서서 달리던 누군가 인공호수로 뛰어든다
인공호수는 금방 조용해진다
나는 그가 무슨 옷을 입고 있었는지 금세 잊는다
당신 어디에 있나요?
그렇게 물어도 떠오르는 건 없다

사람들이 열심히 조깅을 한다
컨베이어 벨트는 어떻게 생겼나요?
이런 질문이 호수 아래 오랫동안 잠겨 있다

(『창비』 2022년 가을호)

컨베이어 벨트는 어떻게 생겼나요?
이런 질문이 호수 아래 오랫동안 잠겨 있다

인공호수는 도시 속에 인위적으로 만들어진 자연이다. 도시에는 사람만이 아니라 다른 생명체들이 함께 살고 있지만 인간 편의적으로 설계된 이곳에서 차와 유리창의 필요는 고양이와 새의 생존을 돌보지 않는다. 마찬가지로 생산성 효율 중심으로 설계된 컨베이어 벨트는 일하는 사람의 생존을 돌보지 않는다. 하지만 "차에 치여 죽은 고양이들" "유리창에 머리를 부딪혀 죽은 새들"은 눈에 보이지 않고 "사람을 저렇게 많이" 죽인 컨베이어 벨트 역시 한 번도 본 적이 없다. "내 눈에 보이지 않아도 자꾸만 죽고 다치는 것들이" 존재하는 것은 사실인데 직접 보거나 경험하지 않은 것들에 대해서는 아는 게 없다. 그래서 시인은 반복해서 묻는다. "어떻게 생겼을까" "당신은 어떻게 생겼나요?" "당신 어디에 있나요?" 컨베이어 벨트의 생김새를 묻던 질문은 보이는 것의 아래에 잠겨 있는 보이지 않는 당신들의 존재와 안녕을 염려하는 질문으로, 생명을 모른 척하고 이윤과 효율 중심으로 세차게 돌아가는 세상을 의심하는 질문으로 두터워진다. "32년간 물을 간 적이 없"는, "무엇이 빠지고 또 건져졌는지/알 수 없는" 인공호수가 온갖 모순과 부조리를 은폐하며 지속되어온 이 세계의 축소판이라면, 호수를 둘러싼 트랙은 우리 모두가 그 위에서 달리고 있는, 누가 또 죽어도 이상할 것 없지만 "그런 일은 나에게 절대로 일어나지 않을 것이라는" 믿음으로 멈추지 않는 일상의 컨베이어 벨트인 것이다. 이 시는 "이런 질문이 호수 아래 오랫동안 잠겨 있다"라고 말하며 끝을 맺지만, 나의 좁은 시야와 경험으로는 알 수 없는 것에 대해 끈질기게 질문하며 감춰진 세계의 지도를 그려낸다.* (c)

---

* 이 해설은 필자의 다른 글(「자본주의 악천후와 이행의 감각」, 『창작과비평』 2023년 봄호)에서 다루었던 내용을 요약한 것임을 밝힌다.

의료보험카드

김성규

내 몸엔 병균이 있어요 그것은 떠돌아다니던 것들을 집어삼키고 몸에 가두었기 때문이죠 읍내로 나가면 공장이 있어요 그 공장에서 사람들은 줄지어 일했죠 김치공장의 컨베이어 벨트 위로 배추들이 올려지고 소금물에 절은 배추를 씻어내느라 허리를 펴지 못했어요

전염병이 퍼지고 작년 여름에 공장은 문을 닫았어요 전날까지 아무도 우리에게 얘기해주지 않았어요 공장 앞에서 우리는 발걸음을 돌려 집까지 걸어왔어요 방역차들은 밤낮으로 사이렌을 울리며 달려가요

옆집에서 또 한 사람이 실려 갔어요 단지 운이 나쁜 사람이라고 말하죠 사실은 우리가 더 운이 나쁜지도 몰라요 살아서 죽은 사람들을 떠나보내야 하니까요 때론 그 사람이 자기 자식일 수도 있어요

하얀 배추를 상자에 담을 때 가끔 그것이 우리 몸이랑 비슷하다는 생각을 해요 죽은 몸이 저기 배추 포기처럼 담기겠구나 죽은 사람들 떠나보낼 때 우린 울 수가 없어요 이웃집 사람들이 알면 손가락질을 할 수도 있죠

우편함에 건강보험이나 진료를 받으라는 우편물이 가끔 와요 뜯어보기도 하지만 그냥 버릴 때가 많아요 사실 열어보고 싶지 않아요 다른 사람 마음을 열어보는 것 같아 보고 나서도 마음이 찜찜해요

집에 있던 개가 집을 나가 동상이 걸려 돌아온 적이 있어요 그렇게 겨울 동안 배추를 씻으며 동상에 걸린 여자들은 집에 가서 아무에게도 얘기하지 않아요 아픈 것은 창피하다고 생각해요 우리가 가진 것이라곤 병과 남은 근심들뿐이에요 그것들 때문에 그나마 우리 가족들이 건강하다고 믿어요

(『딩아돌하』 2022년 봄호)

우리가 가진 것이라곤 병과 남은 근심들뿐이에요
그것들 때문에 그나마 우리 가족들이 건강하다고 믿어요

　전염병이 사나운 폭풍처럼 휩쓸고 간 수년간이었다. 수많은 사람들이 일상을 빼앗겼고 '삶'은 '생존'으로 전락해버렸다. 격리되지 않더라도 코로나19는 많은 사람들을 소외시키고 파멸로 몰아넣었다. 물론 코로나 이전에도 세계의 병증은 깊었고, 사람들은 서로 단절되고 고립되어가고 있었지만, 코로나19는 그것을 더욱 극단적인 방식으로 드러냈다. 스티븐 핑커가 말했듯 이 세계는 "생존을 가능하게 하는 질서를 유지하는 확률이 낮을 뿐 아니라 끊임없이 티끌로 흩어질 가능성이 압도적인 세계"*다. 「의료보험카드」는 전염병으로 폐쇄된 김치공장을 배경으로 죽어가는 사람들의 이야기를 담담하게 들려주고 있다. 슬픈 이야기를 무심하게 하면 더욱 비극적일 수 있음을 잘 보여주는 작품이다. "죽은 사람들 떠나보낼 때 우린 울 수가 없어요 이웃집 사람들이 알면 손가락질을 할 수도 있죠"라는 구절은 감염된 사실이 낙인이 되어버렸던 기억을 아프게 떠올리게 한다. 질병에 대한 공포는 사회가 규정하는 '정상성'의 범주 내에 존재하려는 욕망과 그 안에 들지 못하는 것을 향한 혐오를 내포한다. "아픈 것은 창피하다고 생각"하는 이유는 그것 때문이다.
　아프지만 아프다 말할 수 없는 사람들처럼, 사회는 병들었지만 사람들은 그것에 대해 말하지 않는다. 사람들의 폐부와 사회의 환부는 종종 은폐된다. 침묵 속에서 "우리가 가진 것이라곤 병과 남은 근심들뿐"이다. 그러나 스티븐 핑커는 말했다. 우리는 비록 무정한 세계에서 태어났지만, 인간 본성에는 구원을 꿈꿀 수 있는 자원도 주어졌다고. 어쩌면 우리가 발굴해야 할 자원은, 시

---

* 스티븐 핑커, 『지금 다시 계몽』, 김한영 역, 사이언스북스, 2021, 682쪽.

속 구절처럼 "병과 남은 근심들" 속에 있는 것이 아닐까? 병을 병이라고 두려움 없이 말할 수 있는 자유, 그리고 함께 근심해주는 마음속에 "그나마 우리 가족들이 건강하다고 믿"을 수 있는 가능성이 생기는 것일 수도 있겠다. (a)

다 안다는 느낌

김승일

　뭐든 하다가 그만두면 조금이라도 미워하게 되는데요. 그게 싫어요. 그래서 담배를 못 끊어서 제가 곧 죽나 봅니다. 허허허. 이 늙고 병든 사람은 살고 싶다는 마음을 약간 그만두었다. 사실 담배도 약간은 그만두었다. 이번이 제 마지막 인터뷰가 되겠군요. 그러나 인터뷰는 그 사람이 작년에도 그만두겠다고 선언한 것. 하던 걸 그만두면 속고 살았다는 느낌이 들어요. 일도 사랑도 악기 연주도. 조금씩 날 속였구나. 그러곤 다 안다는 느낌으로. 그거 내가 예전에 하다가 그만둔 건데. 그래 뭐⋯ 열심히 해봐. 아직 그만두지 않은 친구들을 앞에다 두고, 끔찍한 소리 하지 않으려고 얼마나 많이 조심했는지 몰라. 다 안다는 느낌을 내려놓고 싶었어요. 그 느낌을 조금이라도 미워하고 싶었어요. 따지고 보면 느낌도 날 속이고 있잖아? 이젠 금방 끝이니까. 그만두는 것도 약간은 그만두었어요. 곧 모든 것을 그만두게 될 이 사람은 무언가를 미워하는 일도 약간은 그만두었다고 한다. 나는 무엇이든 약간은 그만둔 이 사람 생각을 그만두고 싶다. 나는 항상 다른 이들을 너무 부러워해서, 새벽에 소파에서, 다리 사이에서 고양이가 자고 있을 때에도, 담배를 못 끊은(약간 끊은) 그 늙고 병들고 죽은 사람을 생각한다. 좋은 사람. 현명한 사람. 그럴듯한 삶. 나는 그런 것이 슬퍼. 누가 그렇게 슬퍼하고 있으면 말해주고 싶다. 나도 그런 것이 슬펐다고. 나도 예전엔 죽기 일보 직전의 유명한 노인들을 부러워하였는데⋯ 이제는 부러워하는 일도 그만두었어요. 나는 이제 노인들을 향한 내 동경심이 조금은 밉습니다. 그런 얘길 해주고 싶어요. 약간의 훈수처럼. 그러나 가급적이면 훈수를 두어서는 안 된다. 그렇게 뭐든 그만두게 된다.

(『한국문학』 2022년 하반기)

다 안다는 느낌을 내려놓고 싶었어요
그 느낌을 조금이라도 미워하고 싶었어요

이 시는 화자가 "늙고 병든 사람"을 인터뷰한 이야기이다. "뭐든 하다가 그만두면 조금이라도 미워하게 되는데" "그게 싫"다는 노인의 말은 곰곰이 생각해보면 의미심장하다. 그만두지 않고 계속해온 일은 내가 좋아서 중단하지 않은 일이지만 그 일의 반복이 몸에 축적된 결과는 주로 병으로 나타나서 강제로 그만두기를 요청받게 된다. 반대로 중간에 그만두고 더 이상 하지 않은 일은 스스로 싫어서 그만두었거나 그만두기가 쉬웠기 때문에 중단된 일이므로 결과적으로 그 일에 대한 미움이나 싫증이 동반된다. 우리는 살면서 그만둔 일에 대한 미움을 "다 안다는 느낌"의 자만심으로 보상받으려 한다. "그거 예전에 내가 하다가 그만둔 건데. 그래 뭐… 열심히 해봐."라는 말은 그 일을 그만둔 나에 대한 미련이거나 그 일을 아직 하고 있는 사람에 대한 부러움인지도 모른다. "다 안다는 느낌"을 그만두고 싶었던 노인이 죽기 전에 찾은 방법은 '약간 그만두기'이다. 약간씩 그만두고 조금씩 미워하면서 산다면, 언젠가 모든 것을 그만두게 될 그날까지 "살고 싶다는 마음"을 미워하지 않을 수 있을 것이다. 노인을 인터뷰해온 화자는 이런 경지에 도달한 노인을 부러워한다. 이제 인터뷰도 그만둘 수밖에 없게 된 화자는 노인에 대한 부러운 마음도 약간 그만두고, 이 그만둠에 대해 다 안다는 느낌도 그만두기로 결심한다. 인간은 누구나 "곧 모든 것을 그만"둘 운명이므로, 인생이 우리에게 종용하는 그만두기를 약간씩 행하면서 죽음에 대한 미움을 다스릴 때 '나름대로 충실한 삶'을 그만두지 않을 수 있을 것이다. (c)

새

김안녕

시에 굶주린 사람들이 사는
아주 작은 마을이 있다고 해요
그들은 외롭다는 말 대신 시를 쓰지요
허기질 때 어둠이 빼곡할 때 사람이 감감무소식일 때
노트를 펴요

사각사각 사르르륵 사라라라락 눈 내리듯
시가 오면 좋을 테지만 그런 일은 전혀 일어나지 않아요
대부분 노트는 빈 채로 남아 있어요
끝도 없는 빈 들판이에요

시 쓰기란 그렇게 수고로우니까 짐승들을 시라고 번역해 읽는 게 대
수일까요

어떤 시인은 바닥에 툭 새가 떨어져서 시를 쓰고
어떤 이는 살만 피둥피둥 찌는 새를 경멸하며 시를 써요
내가 사랑하는 그는
새의 목소리를 동경하다, 그 고고한 날갯짓에 침 흘리며 한 문장을
적어요

끝은 없어요
끝이 없으니까

그게 시지 사랑이지,

간밤에 누가 흐느끼는 소리를 들었어요

죽는 날까지
꿈속에서도 계속될 거예요

(『시인수첩』 2022년 봄호)

"시에 굶주린 사람들이 사는/아주 작은 마을"이 있다면 어떤 모습일까. 돈과 명예와 성공 등 일반적으로 사람들이 갈구하곤 하는 사회적 욕망들에 굶주린 것이 아니라 '시'에 굶주린 사람들은 어떨까. 그들의 수는 그리 많지 않고, 아마 지도에도 표시되지 않을 만큼 작고 외진 마을일 것이다. 이 마을의 집들은 혼자서 들어가야 할 만큼 좁고, 찾는 사람이 없어 "사람이 감감무소식"일 때가 많을지 모른다. 하지만 그들은 "외롭다는 말 대신" 시를 쓴다. 그들이 '시가 고플 때'는 "어둠이 빼곡할 때"이며, 그들은 어둠 속에서 노트를 펴고 첫 문장을 쓰기 위해 고심한다. 첫 문장은 쓰기 어렵다. 황량한 겨울, 세상을 덮는 흰 눈처럼 가볍고 환하게 시가 내릴 수 있다면 좋겠지만, 시인은 "그런 일은 전혀 일어나지 않"는다고 쓴다. "끝도 없는 빈 들판"과 같은 백지만 그의 앞에 어둠에 물든 채 놓여 있다. 시는 마치 짐승과 같다. 생명과 의지를 가진 독립적인 존재이며, 이해하기 어렵고 극히 제한적으로 소통할 수밖에 없다. 나와 눈빛과 체온을 나눌 수 있는 짐승일 수도 있고, 나를 공격하는 위협적인 짐승일 수도 있다.

어쩌면 시는 한 마리의 새다. 머무는 동안에도 곧 날아갈 것처럼 보이고, 날아오르면 절대로 잡을 수 없는 새. 시인마다 그 새에 대해 다른 태도와 감정을 갖는다. 시인이 드디어 첫 문장을 쓰게 되었더라도, 그는 "한 문장을 적"었을 뿐 다음 문장까지 또 먼 길을 가야 한다. 기껏 쓴 그 문장이 새처럼 날아갈 수도 있다. 그러니 "끝은 없"는 것이다. 시인은 쓴다. "끝은 없어요/끝이 없으니까/그게 시지 사랑이지"라고. 멈추지 않아야 그것이 여전히 사랑일 수 있는 것처럼, 시는 끝이 없어서 시인 것이다. 사랑이 그렇듯, 시작하기도 어렵지만 계속하기가 더 어려운 것이 시 쓰기다. 사랑을 멈추지 않으려면 온몸을 허물어 사랑을 지켜야 하고, 내 안의 시를 거두지 않으려면 울음을 그치지 않아야 한다. "죽는 날까지/꿈속에서도 계속될" 시와 사랑을 위해, 이 마을의 작은 집들은 밤새도록 창문이 환하다. (a)

풀밭 저쪽의 라라

김은정

곧게 난 남해 고속도로를 달리고 있다.
라디오에서 가수 남진의 노래가 흘러나온다.

저 푸른 초원 위에 그림 같은 집을 짓고
사랑하는 우리 님과 한 백 년 살고 싶어

여기까지 듣고 나니 자동으로 귀가 닫힌다.
예기치 않게 뭇 대중 생각이 불쑥 솟는다.

울컥 희비가 엇갈리는 공유지
뭉클 여민락과 만사성 생각도 불쑥 솟는다.

화분에 풀 한 포기만 나도 냅다 뽑으면서
성장촉진제인 척 숨겨둔 제초제까지 뿌리면서
저 푸른 초원은 시뮬레이션이라 무성해도 되는가?

메타버스 평화 나라 국민의 수묵화 같은 주권과
백년손님 헌법의 창과 포 두루마기 닮은 기본권,
파리, 모기, 소와 양에 대한 납세까지 금수회의록

나는 좋아 나는 좋아 님과 함께면
님과 함께 같이 산다면

저 푸른 반려 풀밭, 풀잎은 비와 바람 흙과 비를 믿고
우리 입에 풀칠하기 위해 자신의 뿌리도 굳게 믿는다.

어디로 가야 하나?
풀과 함께! 초심과 함께!

(『시와문화』 2022년 여름호)

위의 작품의 화자는 라디오에서 "저 푸른 초원 위에 그림 같은 집을 짓고/
사랑하는 우리 님과 한 백 년 살고 싶어"라는 대중가요를 듣다가 가사의 의미
를 반문한다. 노래 가사처럼 꿈꾸는 "여민락(與民樂)"과 "만사성(萬事成)"의
세계를 이룰 수 있을까 의구심을 갖는 것이다.

화자는 "화분에 풀 한 포기만 나도 냅다 뽑으면서/성장촉진제인 척 숨겨둔
제초제까지 뿌리면서/저 푸른 초원은 시뮬레이션이라 무성해도 되는가?"라
고 비판한다. 생명을 중시하지 않으면서 초원 위에 그림처럼 아름다운 집을
짓고 행복하게 살고 싶어 하는 꿈이 모순이라는 것이다. 또한 "메타버스 평화
나라 국민의 수묵화 같은 주권과/백년손님 헌법의 창과 포 두루마기 닮은 기
본권,/파리, 모기, 소와 양에 대한 납세까지 금수회의록"이라고 했다. 사회 구
조와 제도적인 면에 문제가 있다고, 즉 국민주권과 헌법도 가상현실에서나 보
장받고, 세금 징수도 공평하지 못하다고 여기는 것이다.

그렇지만 화자는 "님과 함께 같이 산다면" 하고 유토피아의 세계를 포기하
지 않는다. 화자가 생각하는 님은 "푸른 반려 풀밭"이다. 풀들은 "비와 바람"
과 "흙"을 믿고 뿌리를 박는다. 화자는 그 "풀과 함께"하고자 한다. "어디로 가
야 하나?" 하고 망설이고 있지만, 자신의 "초심"을 믿는 것이다. (b)

사랑하지 않는 나의 이방인

김이듬

개업하던 날엔 손님들로 북적였다
지나치게 많은 화환 때문에 식당 내부가 보이지 않았다

"엄청나다! 저 가게 사장은 뭐 하던 사람일까? 친구랑 지인들이 무지무지 많나 봐"

너는 혼잣말을 내뱉았다
너는 유일하게 내가 혐오할 수 있는 자
메뉴 하나 고르는 데도 우리는 갈등하며
착각에 사로잡혀서 싸운다

내 평생 소원은 나를 미워하지 않는 친구 한 명 갖는 것

사나흘 지난 오늘
저녁 시간인데 식육식당엔 주인 내외뿐이다

시든 화환을 보며 우리에게 지인은 많아도 친구가 없었음을 문득 깨달을 때
손바닥으로 얼굴을 가리고 흐느끼고 싶을 때

"동행이 오면 주문하시겠어요?"
물휴지를 놓으며 주인이 묻는다

동행이 있었던가? 적이 아니면 모두 다 친구라고
너는 그렇게 믿었던 때가 있었다

"아뇨, 혼자 돼지고기 2인분 먹을게요."

이 저녁은 예전에 본 장면 같다 낙엽은 왜 핏빛이며 고기는 왜 낙엽 살인가
묵직한 안개가 내리깔린 거리를 바라본다

지금 너는 내 앞에 털썩 앉는다
너는 선글라스를 꼈고 밑단이 너덜너덜한 코트를 입고 있다

"연일 악천후야. 기아 상태로 쓰러질 때까지 나를 방치하는 줄 알았 어."
"맙소사, 어딜 그리 쏘다녀?"

우리의 대화는 거의 늘 이런 식이다
너는 태만하고 맹목적이며 변덕스러운 인물로서
내가 혼자 먹는 밥이 서글프지 않을 때 튀어나온다

아버지 장례식장에서 후회하며 밥을 먹은 너
물끄러미 나를 보며 부끄러움을 느끼는 너
거절 못 하는 나 대신 분노하는 너

너는 유리를 깨뜨려야 꺼낼 수 있는 영정 사진 속 얼굴 같다

어느 날 내 육체가 사라져도 너는 공기처럼 떠돌 거라고 믿지
세탁소에서 찾아온 옷의 비닐처럼 나를 뒤집어쓴 채

"남은 거 좀 싸가도 될까요?"

어금니가 한 개 없고 잇몸도 나쁘다
나는 혼자 충분히 늙었다
이렇게 살다가 고독사할 게 자명해

탄식을 주워섬기는 너는 내 안의 방랑자
우리는 불화한다

이따금 내가 내린 다음 정류장에서
길을 잃곤 하는 너
너는 나보다 어리석고 순진하지

죽을 때까지 나를 감시하겠지만
누구보다 나를 잘 모르는

너를 사랑한다고 노래하게 되면
더 멀어지지 않을까

내게도 절친이 있다고
이 밤 창가에서 흘러내리는
월광에도 휘발하는 네가
나였음을 증명할 수 있을까

(『파란』 2022년 겨울호)

너를 사랑한다고 노래하게 되면
더 멀어지지 않을까

이 시에 등장하는 '너'와 '나'는 별개의 존재면서도 동일인처럼 보인다. '이방인'이면서 '나'이기도 한 것이다. 이것은 어쩌면 내 안의 다른 속성을 의미하는 것일 수도 있다. 우리는 갈등과 대립이 고조된 혐오의 시대를 살아가고 있다. "메뉴 하나 고르는 데도 우리는 갈등하며/착각에 사로잡혀서 싸"우지만, 사실 마음 깊이 원하는 것은 "나를 미워하지 않는 친구 한 명 갖는 것"이다. "시든 화환을 보며 우리에게 지인은 많아도 친구가 없었음을 문득 깨달을 때/손바닥으로 얼굴을 가리고 흐느끼고 싶을 때" 우리는 자신의 마음을 쓸쓸하게 마주하게 된다. "적이 아니면 모두 다 친구라고" 믿었던 때도 있었지만, "혼자 먹는 밥이 서글프지 않을 때" 타자들과 마음의 거리를 두게 된다. 하지만 적이든 친구든, 모든 이들은 사실 닮아 있다. 후회와 부끄러움과 분노를 공유하고, "영정 사진 속 얼굴"처럼 친밀하면서도 낯설게 느껴지며, 슬프면서 정답다. 그들은 내 일상 속에서 공기처럼 떠돌고, 흔적을 남긴다.

'너'는 "내 안의 방랑자"이며 "우리는 불화"하다가도 서로 그리워한다. "죽을 때까지 나를 감시하겠지만/누구보다 나를 잘 모르"기 때문에 "나보다 어리석고 순진"해 보이는 '너'는 사실 '나' 자신이다. 자기 자신이 스스로에 대해 가장 잘 모르는 사람일 수 있다. '나'와 '너'의 운명은 엇갈리는 것 같지만 얽혀 있다. 하지만 "너를 사랑한다고 노래하게 되면/더 멀어지지 않을까"라는 구절처럼 '얽혀 있음'을 인정하기는 두렵다. 거리를 두는 것이 더 안전하게 느껴지기 때문이다. 그래서 더 외면하게 되고, 더 뒷걸음질치게 될 수도 있다. 사람은 그렇게 외롭고 쓸쓸하다. 지긋지긋하고도 지독하게 그리운 '너'와 "월광에도 휘발하는 네가/나였음을 증명할 수 있을"지 몰라 두려운 '나'는 그렇게 서로 닮았다. (a)

흰나비에게

김정원

붉디붉게 물들 때
너울너울 가거라

된서리 내리면
꽃은 고스러지고
단풍잎 떨어진다

절정은 짧고
사랑이 식으면
영영 그만이다

이별이 콘크리트처럼 굳고
소원이 빙산처럼 얼기 전에
본래로 돌아가거라

목숨을 건 전쟁도 휴전도
신줏단지로 모신 사상도 제도도
피보다 진하다는 이념도
한낱 물거품이 되고

총알을 모아 조선낫을,
철망을 걷어내 보습을 만들어

아버지의 아버지의 아버지처럼
무명옷 입고 농사짓는

평화 민족으로
통일 나라로

(『민족문학사상』 2022년 창간호)

김기림의 「바다와 나비」에서 시인의 자아인 나비는 평화롭고 자유로운 세상인 바다를 동경한다. 나비는 기대와 희망을 품고 그 바다를 향해 날아갔지만, 오히려 자신의 생명을 앗아갈 수 있는 위험한 곳이라는 것을 깨달았다. 일제강점기의 현실 인식을 나타낸 것이다.

김규동의 「나비와 광장」에서 시인의 자아인 나비는 한국전쟁으로 말미암아 폐허가 된 광장에 놓여 있다. 나비는 희망보다 상실감과 절망감이 지배하는 그곳에서 좌절하지 않고 신화와 더불어 상황에 맞서 대결한다.

위의 작품은 김기림과 김규동의 나비 인식을 역사의식으로 계승하고 있다. 나비는 분단으로 말미암아 평화가 정착되지 못한 환경에 놓여 있다. 그리하여 화자는 나비에게 "평화 민족으로/통일 나라로" 날아가길 응원한다. "이별이 콘크리트처럼 굳고/소원이 빙산처럼 얼기 전에/본래로 돌아가"길 염원하는 것이다. 통일의 필요성이 점점 줄어드는 시대이기에 화자의 바람은 간절하고 절실하다. (b)

자영업자들

남현지

식당 간판에
초월이라고 적혀 있어서

주인의 이름이기를 바랐다
내가 유일한 손님이었고
식당에는 불가능한 메뉴가 많았다

기다리는 동안
어두운 자영업의 미래
다음 뉴스에서 비만과의 전쟁이 선포되었다
그것은 질병이며

나는 궁금했다
뚱뚱한 사람들은 다 어디 있는가
왜 나는
혼자서 뚱뚱한가

통계 속에서 밥을 먹는다
어떤 전쟁의 적이 되어서
밥을 먹는다

주인이 옆에서
걸레질을 멈추고

열대 식물의 가루를 추천한다

신비로운 열매군요
얼마 전에는 붉은 고대의 곡물을
새로 소개받았고

통계 속에 사는 사람들은
누군가의 사진에 우연히 등장해서
미안한 표정을 지었다

잠깐만요
가로수 앞으로
아는 사람이 지나가는 것 같았다

맛있게 먹었다고 카드를 내밀자
계산대에서 열매의 이름이
신비롭게 반복되었다

(『문장웹진』 2022년 4월호)

계산대에서 열매의 이름이
신비롭게 반복되었다

화자는 '초월 식당'이라는 간판을 보고 들어가면서 '초월'이 "주인의 이름"이기를 바란다. 작고 평범한 것에 붙여진 진지하고 의미심장한 이름이 우리의 취약한 삶을 지켜줄 거라고 믿고 싶은 것처럼. 하지만 "내가 유일한 손님"에 안 되는 메뉴가 많은 이 식당의 현실은 평범하지 않은 것 같다. "뚱뚱한 사람들"은 보이지 않는데 "혼자서 뚱뚱한" '나'도 평범하지 않은 것 같다. "어두운 자영업의 미래"를 보도하는 뉴스를 보며 문제적 자영업자로 밥을 팔고 "비만과의 전쟁이 선포되었다"는 뉴스를 보며 문제적 비만 환자로 밥을 먹는 식당의 풍경은 자못 심란하다. 통계 속에서 문제적인 쪽으로 분류된 사람들은 마치 "누군가의 사진에 우연히 등장해서/미안한 표정"을 짓고 있는 사람처럼 이 사회의 건전한 통계를 깎아먹는 문제적 배경이 된다. 그런데 우리의 절박한 진짜 삶을 통계 속에 욱여넣은 사람들은 누구이며, 그들은 왜 우리에게 미안해하지 않는 것일까? 사과 받아본 적 없는 이들은 그럼에도 불구하고 각자의 방식으로 삶을 경영하고 자구책을 강구한다. "열대 식물의 가루"는 식당 주인에게는 경영난을 해소해줄 타개책으로 마련된 것이고, 화자에게는 비만이라는 질병을 치료해줄 해결책으로 추천된 것이다. 결코 이 정도로는 어떤 현실적인 대책도 되지 못할 것이 뻔하지만, 서로의 간절한 마음이 맞아떨어져 "계산대에서 열매의 이름"이 반복되는 것은 신비로운 위안일지도 모른다. (c)

걷기 예찬

민구

나는 걷는 걸 좋아한다
걸을수록 나 자신과
멀어지기 때문이다

체중 조절, 심장 기능 강화,
사색, 스트레스 해소 등등
여러 가지 이유가 있겠지만
걷기란 갖다 버리는 것에 지나지 않는다

어제는 만오천 보 정도 이동해서
한강공원에 나를 유기했다

누군가 목격하기 전에
팔다리를 잘라서 땅에 묻고
나머지는 돌에 매달아 강물에 던졌다

머리는 풍덩 소리를 내며 가라앉았지만
집에 돌아오면 다시 붙어 있었고
나는 잔소리에 시달려서 한숨도 못 잤다

걷기란 나를 한 발짝씩
떠밀고 들어가서 죽이는 것이다

여럿이 함께 걸을 때도 있었다

나와 함께 걷던 사람들은 모두
자신과 더 가까워지리란 믿음이 있거나
새로운 세계를 경험한다는 점에서 걷기를 예찬했다

그런 날에는 밤 산책을 나가서
더 멀리 더 오래 혼자 걸었다

(『현대문학』 2022년 10월호)

걷기란 나를 한 발짝씩
떠밀고 들어가서 죽이는 것이다

걷기를 예찬하는 사람은 많다. "체중 조절, 심장 기능 강화,/사색, 스트레스 해소", 아니면 "자신과 더 가까워지리란 믿음"이나 "새로운 세계를 경험한다는 점" 등 그 이유도 다양하다. 그런데 이 시의 화자가 걷기를 좋아하는 이유는 독특하다. "걸을수록 나 자신과/멀어지기 때문"이라는 것이다. 화자는 "걷기란 갖다 버리는 것에 지나지 않는다"고 말한다. 이 시는 나를 버린다는 비유적 표현을 실제의 물리적 상상력으로 구현해본다. "팔다리를 잘라서 땅에 묻고/나머지는 돌에 매달아 강물에 던"지는 장면은 나 자신을 갖다 버리고 싶은 마음을 실감 나게 표현한다. 하지만 "풍덩 소리를 내며 가라앉았"던 머리도 "집에 돌아오면 다시 붙어" 있다. 나에게 잔소리하는 나의 머리는 떼려야 뗄 수 없는 자의식의 존재를 보여준다. 그러니까 나를 짊어지고 이동해서 멀리 떨어진 지점에 유기하고 돌아온다는 생각은 교정되어야 한다. 그래서 화자는 다시 "걷기란 나를 한 발짝씩/떠밀고 들어가서 죽이는 것"이라고 말한다. 얼마나 먼 거리를 이동하든 걷기는 "한 발짝씩" 진행되는 일이니 매 순간의 한 발짝마다 나를 떠밀고 들어가서 죽이겠다는 것이다. 그러나 왼 걸음에 죽인 나는 오른 걸음에 다시 살아 돌아올 것이다. "더 멀리 더 오래 혼자 걸"을 수밖에 없는 이유가 여기에 있다. 시인은 나로 살면서 나를 버리는 역설적 동시성을 '걷기'에서 발견하고 있는 것이다. (c)

래티튜드

박규현

강변 시민공원에 있는 수영장이었다 봐버렸다 물에 떠오른 사람의
뒷모습을

나만이 알아차렸다

타일의 깨진 구석에
발가락 닿았을 때

나를 살게 하는 부분이 있었다 그곳에서
일렁거리는 트랙
사람의 손차양
눈동자들
햇빛

어깨는 조금 내리고 턱은 당긴 채 시선은 정면을 향해 다 됐으면
찍을게

다른 사람들은 웃었다
기념사진을 남겼고

나는 수면 위에 엎드려
물에 잠긴 다리들을 구경했다

모두 살아 있었다

등에 소름이 돋았는데
물방울이 팔꿈치를 타고 뚝뚝 떨어졌는데

비치볼이 날아와
뒤통수를 쳤다

돌아서 보자

한강이 울렁거리는 중이었다
어금니처럼 번뜩이는 물빛

저곳에서 걸어 나온 이는 나뿐이었다는 게
떠오른 적 있었다는 게

그림자가 선명해진다

지루하게
길게

죽어 있는 붕어 생각을 했다

(『백조』 2022년 가을호)

나는 수면 위에 엎드려
물에 잠긴 다리들을 구경했다

이 시의 제목 '래티튜드'는 사진기의 노출 허용 범위를 가리키는 전문 용어이다. 이 시에서는 화자가 대상을 재현하는 범위, 그러니까 감각적으로 인지할 수 있는 대상의 허용 범위를 가리키는 말로 쓰이고 있다. 가령 수영장에서 "물에 떠오른 사람의 뒷모습"을 "나만이 알아차렸다"는 것은 화자의 대상 재현 범위가 남들과 다르다는 것을 보여준다. 나아가 "타일의 깨진 구석"에서 "나를 살게 하는 부분"을 발견하는 것 역시 화자의 예민한 감각을 드러낸다. 그런데 "수면 위에 엎드려/물에 잠긴 다리들을 구경"하는 장면을 자세히 보자. "물에 떠오른 사람의 뒷모습"을 바라보던 시선이 바로 그 떠오른 사람의 시선으로 바뀌어 수면 아래를 바라보고 있다. 관찰자에서 당사자로 전환되는 이 시선의 변화는 다소 충격적이다. 왜냐하면 단순히 수면에 엎드려 다리들을 구경하는 줄 알았던 시선이 물에 빠졌다 떠오른 사람의 시선에 겹쳐지기 때문이다. "저곳에서 걸어 나온 이는 나뿐이었다" "떠오른 적 있었다"는 진술을 참조하면 "물에 떠오른 사람"을 나만 알아차렸던 것은 이전의 나에게 동일한 경험이 있었기 때문이다. 모두가 기념사진을 찍고 웃고 있는 한강에서 머리를 수면 아래로 향한 채 떠오른 사건은 타인에게는 현상될 수 없는, 오직 자신에게만 노출된 경험의 고유성을 상징한다. 모두 살아 있었는데 나만 죽을 것 같던 경험, 모두 죽었는데 나만 살아 나온 경험은 시간이 지날수록 선명해지는 그림자처럼 "지루하게/길게" 현상되는 나의 당사자성인 것이다. (c)

유동 거리의 유월 밤비를 맞고

박석준

신 살구 같은 유동의 유월 밤비 속을 49살인
나는 걷고 있다. 불빛 흘리는 상점들이 비에 젖는데

돈도 사랑해줄 사람도 없어서,
나는 은행 앞 우체통 앞에서
떠오른 전당포 같은 어두운 곳 슬픈 눈의 형상을,
케이크를 떠올려 가려버린다.

나는 은행 현금지급기에서 돈 5만 원을 찾고는,
제과점 속에서
떠오른 전당포 같은 어두운 곳 슬픈 눈의 형상을,
쇼윈도 속 케이크를 돈 주고 사면서 가려버린다.

그럼에도 나는, 가난하여
나의 결여로 인해 조직에서 소외되어
전망이 흐릿한데도, 살아가려고 한다.
나는 퇴근하면, 순천 터미널에서 광주행 버스를 탔고
도착하면 시내버스를 탔고 유동에서 내렸다.

그런데 오늘 나는 유동에 오자 유월 밤비를 맞고 걸었다.
사람들이 흘러가고 2층 카페 스토리가 흘러가고
불빛 흘리며 상점들과 돈과 차들이 흘러가는데.

전당포 같은 어두운 방 슬픈 눈이 다시 떠올라서,
방 안에서 어머니가 아파서 곧 세상을 떠날 것 같아서,
나는 결여가 있어서 괴로워서, 어리석어서,
신 살구 같은 유동 거리의 유월 밤비를 맞고 걷고 있다.

(『시와문화』 2022년 여름호)

나는 결여가 있어서 괴로워서, 어리석어서,
신 살구 같은 유동 거리의 유월 밤비를 맞고 걷고 있다

위의 작품의 화자는 "신 살구 같은 유등의 유월 밤비 속을" 걸어가고 있다. "불빛 흘리는 상점들"도 "비에 젖"고 있다. 화자는 걸어가면서 자신은 "돈도 사랑해줄 사람도 없"다고 생각한다. 그리하여 "은행 앞 우체통 앞에서/떠오른 전당포 같은 어두운 곳 슬픈 눈의 형상"을 바라보다가 그것에 주눅 들지 않기 위해 "케이크를 떠올려 가려버린다". 화자는 그와 같은 소극적인 행동으로는 충분하지 않다고 생각하고 "은행 현금지급기에서 돈 5만 원을 찾고는,/제과점"에 들어가 "케이크를 돈 주고" 산다.

화자가 슬픈 눈의 형상을 떠올리는 것은 자신이 가난할 뿐만 아니라 "조직에서 소외되"고, "전망이 흐릿"하고, "방 안에서 어머니가 아파서 곧 세상을 떠날 것 같"기 때문이다. 따라서 화자는 자신의 처지를 어떻게 받아들이고 해결해야 할지 막연해 밤비를 맞으며 걷고 있다.

이와 같은 상황에 놓인 화자는 자신의 나이가 "49살"이라는 사실을 인식한다. 다시 말해 아직 오십 세가 되지 않았기 때문에 자신의 운명에 대한 하늘의 뜻을 알지 못한다고 생각하는 것이다. 따라서 화자가 제과점에 들어가 케이크를 사는 것이나, 밤비를 맞으며 걸어가는 것은, 주체적으로 살아가려고 하는 행동이라고 볼 수 있다. (b)

척도

"아들이 있어요?"
"없어요"
"그럼, 야크가 있나요?"
"한 마리도 없어요"
"에그, 불쌍한 사람"

미국 대통령 부인에게 불쌍한 사람이라고 했다는 방글라데시 사람
이야기를 하며, 오랜만에 만난 그와 나는 깔깔 웃었다

나는 아들도 야크도 없다, 하지만
방글라데시의 경제를 생각하니
아무래도 그들이 더 불쌍해 보였다

그와 헤어진 후, 미로 같은 백화점 지하 주차장에서 내 차를 찾지 못
해 이리저리 헤매면서 나는 차도 있고 돈도 있고 차 열쇠도 있는데 가
장 불쌍한 사람이 된 기분이 들었다, 수업 시간 이미 이십여 분 늦었는
데

헐레벌떡 가는 길,
거리에는
불쌍한 사람들과

불쌍해하는 사람들이
서성거리고 있었다

구분이 되지 않았다

(『시와사람』 2022년 겨울호)

불쌍한 사람들과 불쌍해하는 사람들이
서성거리고 있었다

"아들이 있어요?"
"없어요."
"그럼 야크가 있나요?"
"한 마리도 없어요."
"에그, 불쌍한 사람."

행복의 "척도"는 무엇일까? 물질적인 것인가? 정신적인 것인가? 아니면 그 모두인가? 행복은 절대적인 기준으로 정의할 수 없기에 어느 쪽을 선택할 수 없다.

위의 작품의 화자는 "헐레벌떡 가는" 자신은 물론이고 "거리에는/불쌍한 사람들과/불쌍해하는 사람들이/서성거리고 있"는 것을 발견했다. 함석헌도 도시에서 만난 사람들의 얼굴을 "뻔뻔한 얼굴", "간사한 얼굴, 얄미운 얼굴", "실망한 얼굴", "병에 걸린 얼굴"(「얼굴」) 등으로 그렸다. 아름다운 얼굴이 없다고, 행복한 얼굴이 없다고 본 것이다. 이 자본주의 체제에서 주체성을 상실한 채 살아가는 우리의 자화상이 아닐까? (b)

숨

박소란

겨울의 한 모퉁이에 서 있는 것이다
언 발을 구르며
오지 않는 버스를 기다리며, 버스가 아닌 다른 무엇이라 해도

기다리는 것이다

이따금 위험한 장면을 상상합니까 위험한 물건을 검색합니까 이를
테면,
재빨리 고개를 젓는 것이다

남몰래 주먹을 쥐고 가슴을 땅땅 때리며

어쨌든 기다리는 것이다 시도 쓰고 일도 하며
어쨌든
주기적으로 병원도 다니고 말이죠
과장된 웃음을 짓기도 하는 것이다

오지 않는 것들에 목이 멜 때마다
신년운세와 卍 같은 글자가 비스듬한 간판을 흘끔거리는 것이다

알바가 주춤거리며 건넨 헬스 요가 전단을 어쩌지 못하는 것이다

버릴 수 없다는 것,

여기가 아닌 다른 어디라 해도

한숨을 쉬면 마스크 위로 터지듯 새어 나오는 입김

가만히 바라보는 것이다
지나치게 희고 따뜻한 것 어느 고요한 밤 찾아든 귓속말처럼
몹시 부풀었다 이내 수그러지는 것

텅 빈,

다시 부푸는 것

다시 속살거리는 것
어째서 이런 게 생겨났을까 알 수 없는
하나의 이야기가 곁을 맴도는 것이다

말갛게 붙들린 채로 다만 서 있는 것이다
얼어붙은 길
무슨 중요한 볼일이 남아 있기라도 한 듯

기다리는 것이다

아 신기해라, 조용히 발음해보는 것이다

(『릿터』 2022년 6/7월호)

어째서 이런 게 생겨났을까 알 수 없는
하나의 이야기가 곁을 맴도는 것이다

한겨울 정류장에서 "오지 않는 버스"를 기다리는 일부터 "버스가 아닌 다른 무엇"을 기다리는 일까지 기다림은 끝이 없는 일이다. 기다림은 때로 분노와 답답함을 동반하여 "위험한 장면을 상상"하거나 "위험한 물건을 검색"하게 만들고 "남몰래 주먹을 쥐고 가슴을 땅땅 때리"게도 한다. 삶은 이토록 힘겨운 기다림으로 가득 채워져 있다. 시 쓰고 일하고 병원도 다니고 웃기도 하는 사이사이가 기다림인지, 기다림 사이사이에 그런 일들이 끼어 있는 것인지 알 수 없지만 "어쨌든 기다리는 것이다". "오지 않는 것들에 목이 멜 때마다" 운세 같은 것에 기대고 싶어지고, 거리를 걷다 보면 "어쩌지 못하는 것", 버릴 수 없는 것만 손에 쥐어진다. 이럴 때 나오는 한숨은 어쩌면 유일하게 버릴 수 있는 것인지도 모른다. "마스크 위로 터지듯 새어 나오는 입김"은 내가 살아 있다는 증거이자 나를 터지지 않게 해주는 출구 같은 것이다. 입김을 가만히 바라보고 있으면 텅 비었다가 다시 부풀었다가 다시 속살거리는 모양이 신기할 정도다. "어째서 이런 게 생겨났을까 알 수 없는/하나의 이야기가 곁을 맴도는 것"만 같아서 화자는 이 알 수 없는 이야기에 붙들린 채 서 있다. '숨'은 내 안쪽 어디에 숨어 있다 나오는 이야기일까? 내게서 나온 텅 빈 저것은 어떻게 귓속말처럼 속살거리며 부풀었다 사라지는 것일까? 기다리면 다음 숨이 또 올 것이다. 아니, 그것은 기다리지 않아도 올 것이다. 화자는 버스 정류장에 서서 오지 않는 것들과 버릴 수 없는 것들을 숨을 통해 들이마시고 내보내면서 기다림을 연습하고 있는지도 모른다. (c)

인류세

백무산

폭염에 마스크를 쓰고 불판 아스팔트를 걸어
쥐약을 사러 갔다

한동안 비워둔 허술한 집이긴 하지만 쥐들이
갑자기 불어나 거실에까지 제집처럼 극성이어서
먹으면 눈이 멀어지고 소화도 시키지 못해
밝은 곳으로 기어 나와서 죽는다는
새로 나온 쥐약이라곤 하지만,

마당엔 개도 있고 너구리도 다니고
꼭 그래야 되나 싶기도 해서
뚜껑도 열지 않은 채 다락에 던져두고
허술한 곳 손을 보고 더 두고 보자 했는데
어느 날 극성이던 것들이 종적을 감추었는데

쓸모가 없어진 위험한 쥐약 버리려고 찾았더니
봉지가 찢기고 빈 병이 나뒹굴고 있었다
이빨 자국에 뚜껑은 몽땅 뜯겨져 있었고

전부는 아닐 것이다 그 지경에 많이 먹겠다고 행패
부린 놈 배불리 먹고 떠났을 테고
못 먹은 몇몇은 어쩌면 자책에 시달리다 다 버리고

떠났을지도 모른다, 쥐가 자책을?

인간 전유물 같은 소리 하지 마라
자책을 모르는 생명이 여태 멸종 않고 살아남을 수는 없잖는가
자책도 그저 반사신경의 일종일 것
그러니 너무 자신을 탓할 것 없어 너희들이
우리보다 더 오래 살아남을 테니까

그런 일쯤이야 이곳에는 이미 너무 흔해빠진 일
저 거대한 뚜껑 찢어발긴 우리들 좀 보아
저 빈 병에 무엇이 들어 있나, 창세기가?

(『내일을여는작가』 2022년 하반기호)

저 거대한 뚜껑 찢어발긴 우리들 좀 보아
저 빈 병에 무엇이 들어 있나, 창세기가?

　　"인류세(人類世)"는 지구의 역사에서 인류가 지구의 환경에 가장 영향을
준 시기이다. 대체로 그 시작을 화석연료를 본격적으로 사용한 1800년대의
산업혁명 시기로 보고 있다. 인류세의 개념은 2001년 네덜란드의 화학자 파
울 크루첸(Paul Crutzen)이 창안했는데, 인간이 화석연료를 대량으로 사용하
면서 배출된 가스가 지구온난화와 기후 변화를 가져온다고 주장했다. 그 결과
다양한 생물이 서식지 파괴로 멸종하고 있다.

　　위의 작품의 화자가 사 온 쥐약으로 쥐를 죽인 것이 그 한 모습이다. 화자
는 "갑자기 불어나 거실에까지 제집처럼 극성"인 쥐를 잡기 위해 쥐약을 사
왔다. 그렇지만 "마당엔 개도 있고 너구리도 다니고/꼭 그래야 되나 싶기도
해서/뚜껑도 열지 않은 채 다락에 던져두"었다. 그리고 "어느 날 극성이던 것
들이 종적을 감추"자 "쓸모가 없어진 위험한 쥐약 버리려고 찾았"는데, "봉지
가 찢기고 빈 병이 나뒹굴고 있"었다. 화자는 황당한 장면 앞에서 "그 지경에
많이 먹겠다고 행패/부린 놈 배불리 먹고 떠났을" 것이고, "못 먹은 몇몇은 어
쩌면 자책에 시달리다 다 버리고/떠났을" 것을 생각한다. 자책에 시달린 쥐들
이 살아남아 종족을 번식시키는 것이다.

　　화자는 쥐에 비해 인간은 자책을 모르는 존재라고 파악한다. 자책을 모르
기에 인간은 멸종할 수 있다고 경고한다. 지구온난화며 기후 변화의 주범은
탐욕에 빠진 인간이라는 사실을 새삼 자각시켜주는 것이다. (b)

형상기억합금

백은선

환희와 절망이 맞닿는 방식으로
우리가 학습한 살육

빛 속에 빛
빛 속에 빛

언제나 가장 가깝고
동시에
가장 먼 것을

부를 수 없기에
이름 붙여야만 한다고

그런 절멸 속에서 발생하는 차가운 온도를

계속해서 돌아가게 되는
찬미
악보를 넘기는 어두운 손

그리고 처음부터
다시

(『자음과모음』 2022년 가을호)

환희와 절망이 맞닿는 방식으로
우리가 학습한 살육

형상기억합금(形狀記憶合金)은 저온에서 아무리 심한 변형을 해도 일정 온도를 넘어서 가열하면 본래의 형상으로 돌아가는 성질을 가진 합금을 말한다. 이 합금은 고온에서 기억시킨 형상을 내부에 간직하고 있다가 조금만 가열하면 원래대로 되돌아간다. 시인은 이를 인간 내부의 원형에 비유한다.

칼 융의 분석심리학에서는 그림자 원형에 대해 말하면서, 이것이 우리가 자신의 가장 원초적 부분을 저장해둔 내면의 깊은 어둠이라고 했다. 여기에는 무자비한 학살, 극단적인 폭력 등을 초래하는 악의 원형적 근원이 묻혀 있다. 타고난 본능 외에도 살면서 겪은 수많은 적개심, 분노, 증오가 억압되어 그곳에 깃들어 있다. 폭력과 고통은 "환희와 절망이 맞닿는 방식"으로 우리에게 학습되기에 우리는 그것을 거부하면서도 이끌린다. 그것은 숨겨져 있을 뿐 사라지지 않았기에 언제든지 "우리가 학습한 살육"은 다시 나타날 수 있다. 그림자는 내 안에서 "언제나 가장 가깝고/동시에/가장 먼 것"으로 존재한다. 차마 "부를 수 없"는 것이기에 우리는 그것을 "이름 붙여" 구분하고, 거부하고 억압한다. 그리고 사람들은 사회적으로, 제도적으로 용인할 수 있는 모습으로 변형된다. 잘 만들어진, 사회적으로 용인된 모습으로 가공된 가면인 페르소나는 사회에서 요구하는 도덕과 질서, 의무 등을 따르며 본성을 억제하고 다스리게 한다. 그러나 어떤 광기의 순간, 그 모든 사회적 변형과 통제도 소용없이 내부에서 빠져나온 그림자에 물들어 원형적 어둠이 부활할 수 있다. 그런데 그것이 과연 부정적이기만 한 일일까? 페르소나는 우리가 원만한 사회생활을 영위하게 해주지만 지나치게 팽창하면 스스로를 잃게 만들기도 한다. 그림자는 명백한 악의 측면을 포함하기도 하지만, 사회의 잣대로 측정해

'정상'의 범주를 벗어나거나 스스로 달갑지 않다고 여기는 많은 것들도 그림자 속에 같이 묻힌다. 때로는 악하지 않은 것들도 악으로 규정되어 함께 억압된다. 그런 것들을 모두 말살시키고 페르소나만이 비대해지면 더 이상 내면의 소리를 들을 수 없게 된다.

그림자는 인간의 본성을 간직하고 있으며 창조와 예술의 원천이 되기도 한다. 그렇기에 예술을 위해서 그림자는 상실되어서는 안 된다. 예술가의 마음 속에서 "악보를 넘기는 어두운 손"은 찬미된다. 페르소나 이면에 감춰진 본모습은 스스로를 이해하고 실현하기 위해 필요하다. 시인은 그것을 찾기 위해 작은 불꽃을 피운다. 뜨거워지는 어떤 순간, 시인은 '형상기억합금'처럼, "처음부터 다시" 시작하는 꿈을 꾼다. 그의 내면에 새겨진 깊은 언어가 복원된 고대문자처럼 되살아날 수 있도록. (a)

폭우

사윤수

비가 이 세상에 올 때
얼마나 무작정 오는지 비에게 물어볼 수 없고
모르긴 해도 빈 몸으로 오는 건 분명하다
그런데 오면서 생각하니 급했던지
다 와서는 냅다 세상의 가슴팍을 때리고 걷어차고
다그친다 무엇을 내놓으라고 저렇게 퍼붓나
내가 비의 애인을 숨긴 것도 아닌데
쏟아붓는다 들이친다
하다가 안 되니까 제 몸을 마구 패대기친다

어쨌든 들어오시라
나는 수문을 열고 비의 울음을 모신다
비의 물고기들이 물밀 듯 밀려들어온다
방 안 가득히 차오르는 빗소리
인사불성 표류하는 비의 구절들

비는 이미 만취가 되었으므로
비가 들려주는 시, 비가 부르는 노래를
나는 알아들을 수 없다
다만, 그래 그래 알았어, 그래 괜찮아
하면서 달랜다, 비의 등을 다독인다
그새 얼마나 울었는지 비의 눈이 퉁퉁 부었다

밤낮을 바꾸어 추적추적 지친 음성으로 내리던

비가 차츰차츰 멎나 보다
비는 멈출 때 느리고 무겁고 흐느끼는 소리를 낸다
젊은 비는 저런 구음을 낼 수 없으리라
비도 마지막엔 늙는가
죽은 저 빗소리들 내 곁을 떠돈다

(『푸른사상』 2022년 가을호)

방 안 가득히 차오르는 빗소리

인사불성 표류하는 비의 구절들

　위의 작품에서 "폭우"는 "냅다 세상의 가슴팍을 때리고 걷어차고/다그치는" 존재이다. "하다가 안 되니까 제 몸을 마구 패대기"치기도 한다. 화자는 그와 같은 행동을 하는 "폭우"를 두려워하거나 귀찮아하지 않고 품는다. 그가 "인사불성 표류하"고 "만취가 되"어 있지만, "그래 그래 알았어, 그래 괜찮아/하면서 달래"고 다독이는 것이다.

　"어쨌든 들어오시라"고 안고 "비의 울음을 모"시는 화자의 자세에서 모성애를 볼 수 있다. 우리 사회에서는 모성애를 지나치게 여성의 헌신으로 여기는 면이 있는 것이 사실이지만, 모성애의 위대함을 부인할 수는 없다. 모성애는 본성적인 것이 아니라 인성적인 것이다. 화자가 "그새 얼마나 울었는지 비의 눈이 퉁퉁 부"은 것을 외면하지 않고 품는 것이 그 모습이다. 본성에서 나온 것이 아니라 삶에서 나온 것이다. 울어본 사람만이 다른 사람의 울음을 품을 수 있다. (b)

과자의 깊이

서수찬

지금은 과자를 먹는 시간
어린 나이로 치부되도 괜찮고
옆 환자들에게 밤마다
청각적 테러를 일삼아도
나로부터 도망갈 수 있는 시간은
오로지 과자 먹는 시간
자신에게 찰떡같이 붙어 있는
종양 같은 시간을
맛있게 먹을 수 있는
과자로 만드는 것이
유일한 낙이라도 된다는 듯
한 아주머니가
이 세상에 없는 과자를 먹는다
가림막 하나 사이로
일주일째 금식하며
주렁주렁 매달려 있는 링거병이
통닭이 되고 삼겹살이 되는
나에게도 유일하게 도망가는 시간이
저녁에 잘 시간인데
그 아주머니는 천둥 같은 과자 먹는 소리로
나를 고문한다
나이가 몇인데
지금도 과자를 먹냐고

가림막을 확 걷어내고 큰소리치고 싶었지만
과자를 먹는
그 아주머니 앞에는
몸 하나 까딱 못 하고
혀만 살아 있는 남편이 있어서
배가 아프다 머리가 아프다 다리가 아프다
혀만 건강하게 살아 있는
남편이 있어서
일일이 남편의 몸 곳곳이 되어야 하는
치료가 끝나고 퇴원하더라도
집이 아니라 요양원으로 간다는 사실에
또한 오 개월 전에
아들마저 폐암으로
먼저 보내야 했다는
이야기를 들었을 때에는
이 세상에 없는 과자의 내력을
알게 된 것 같아서
과자에게도 깊이가 있다는 것을
처음 알게 되어서
나는 다만 아주머니의
과자 먹는 시간이 길어지기를
바랄 뿐이다

(『신생』 2022년 가을호)

위의 작품의 화자는 "일주일째 금식하"고 있어 "주렁주렁 매달려 있는 링거병이/통닭이 되고 삼겹살이 되는" 상황에 놓여 있다. 이 처지로부터 도망갈 수 있는 길은 저녁에 잠자는 것이다. 그런데 "가림막 하나 사이"를 두고 있는 병원 침대에서 "한 아주머니"가 "천둥 같은 과자 먹는 소리"를 내고 있어 잠을 이루지 못한다. 그리하여 "나이가 몇인데/지금도 과자를 먹냐고/가림막을 확 걷어내고 큰소리치고 싶"어진다.

그렇지만 화자는 자신의 화를 금방 누그러뜨리고 아주머니가 과자를 좀 더 맛있게, 많이, 오래, 편안하게 먹기를 응원한다. 그 이유는 "몸 하나 까딱 못 하고/혀만 살아 있는 남편"을 힘들게 간호하는 것을 알고 있기 때문이다. "배가 아프다 머리가 아프다 다리가 아프다"라고 하소연하는 "남편의 몸 곳곳이 되"는 것이 여간 힘들지 않은데, 남편이 "치료가 끝나고 퇴원하더라도/집이 아니라 요양원으로" 가야 하는 처지를 알기 때문이다. 더욱이 "오 개월 전에/아들마저 폐암으로/먼저 보"낸 일을 들었기 때문이다.

"아주머니"에게 과자는 단맛을 내는 간식거리가 아니다. 과자는 그녀의 아프고 괴롭고 힘들고 쓰라린 심신을 덜어주는 샘물 같은 것이다. 단순한 기호식품이 아니라 그녀를 지탱해주는 에너지인 것이다. (b)

봇디창옷

서안나

말은 사람을 상처로 무릎 꿇게 하지만 때론 소매 긴 봇디창옷*처럼 아픈 곳을 감추는 저녁이 되기도 합니다

점점 사라지는 제주어를 적어보는 봄밤 제주의 아이들은 정작 제주어를 모릅니다

나이 든 어머니와 옷장을 정리하다 낡은 봇디창옷에 손이 갔습니다 봇디창옷에 뭉클거리는 오 형제가 검은 배꼽을 오똑 내놓고 누워 있습니다

어머니와 나는 할 말이 많아집니다 어머니의 제주어에는 뼈를 버린 사람이 삽니다 제주어로 말을 하는 어머니의 눈과 코와 입에서 웃음이 먼저 번지고 세상의 모든 국경이 삶은 국수처럼 무너집니다

바람 든 콥데사니* 껍질 같은 어머니의 귀에서 아이들이 옷을 벗고 물뱀이 되어 흩어지고
맞춤법에 걸린 바당과 할망당 심방*들이 제물 차롱*을 지고 징게징게 꽹과리를 치며 걸어 나옵니다

어미가 물애기*에게 소매가 긴 봇디창옷를 입힌 마음
80년 된 콥데사니 같은 알싸한 제주어가 내 눈에도 뾰족하니 돋습니다

* 봇디창옷 : '봇디창옷'은 아기가 태어나서 처음 입는 옷이다. 배냇저고리로 깃과
  섶을 달지 않으며, 소매가 아주 길고 삼베로 만들어졌으며 아기의 무병장수를
  기원하였다.(제주어연구소)
  제주도에서, 삼베로 두루마기 모양으로 만들어 갓난아기에게 입히는 홑옷.

봇디창옷(사진 제공 : 제주어연구소)

* 콥데사니 : 마늘의 제주어.
* 심방 : 신을 모시는 무당의 제주어.
* 제물 차롱 : 굿을 할 때 신도들이 바치는 제물을 담는 대나무로 만든 바구니.
* 물애기 : 갓난아기의 제주어.

(『서정시학』 2022년 봄호)

어머니의 눈과 코와 입에서 웃음이 먼저 번지고
세상의 모든 국경이 삶은 국수처럼 무너집니다

위의 작품의 화자는 "점점 사라지는 제주어를" 안타까워하고 있다. 말 자체에 대한 아쉬움뿐만 아니라 말을 사용한 문화가 사라지고 있기 때문이다. 그 한 예가 "봇디창옷"이다. 이 말은 아기가 태어나서 처음 입는 "배냇저고리로 깃과 섶을 달지 않으며, 소매가 아주 길고 삼베로 만들어졌으며, 아기의 무병장수를 기원하"(제주어연구소)는 의미가 들어 있다.

화자는 "나이 든 어머니와 옷장을 정리하다 낡은 봇디창옷에 손이 갔"는데, 그 순간 "봇디창옷에 뭉클거리는 오 형제가 검은 배꼽을 오똑 내놓고 누워 있"는 모습이 보였다. "바람 든 콥데사니 껍질 같은 어머니의 귀에서 아이들이 옷을 벗고 물뱀이 되어 흩어지"는 모습도 떠올랐다. "어미가 물애기에게 소매가 긴 봇디창호를 입힌 마음"을 깨닫게 된 것이다.

인간의 언어는 어머니의 말을 토대로 오랜 시간에 의해 습득된다. 어머니의 말을 기초로 다른 언어들을 점증적으로 터득해가는 것이다. 한 인간이 어머니의 말을 토대로 사회 언어를 익혀 나가는 것은 곧 문화를 계승해가는 것이기도 하다. (b)

단델리온

성동혁

언젠가 이런 시를 쓰겠다 했지요
이마가 언덕 밑으로
쏟아지는 날에는 눈이
오는 날에는
머리부터 땅에 닿지요 떠밀려
불어나는 눈보라처럼 손을 놓치면 안 된다 자주
손목을 접질리며 하는 말이죠 몸을 떠받기엔
얇아요 줄기가 무른 식물처럼
아침마다 차를 나누어 마시는 마을에 살고 싶었죠 일어나면
솜인형처럼 부유하며
차를 나누어 따르며
부푸는 맘이겠죠 맞아요 겨울이
지나고 있어요 이마가
언덕 밑으로 쏟아져요
잠을 깨면 침대 밑이고
전등이 간신히 비추던 것들도 쏟아지겠죠 눈 오는 날에는
덧문을 열고
모르는 탄생도 축하하며
잠든 벽과 머리를 숙이고 벌판으로 향하는 커다란 개를 그리워하며
가끔 이런 말이 동봉되는 편지를 받으며 살겠죠
우린 꿈에서나 만나겠지요
믿을 수도 믿지 않을 수도 없는 날씨
어두운 걸음으로 돌아가듯 쓰는 답장은 어찌 맺어야 할까요

(『시사사』 2022년 겨울호)

믿을 수도 믿지 않을 수도 없는 날씨
어두운 걸음으로 돌아가듯 쓰는 답장은 어찌 맺어야 할까요

단델리온은 민들레의 영어 이름이다. 시 「단델리온」은 "언젠가 이런 시를 쓰겠다 했지요"라는 말로 시작한다. 과연 어떤 시를 쓰고 싶다는 것일까? 민들레는 자주 고개를 숙이는 식물이다. 꽃대 끝에 작은 통꽃이 모여 머리 모양을 이룬 민들레는 "몸을 떠받기엔 얇"은 줄기를 갖고 있어 휘청거린다. 시적 화자는 "줄기가 무른 식물"처럼 여리고, 삶의 비바람에 쉽게 비틀대는 나약한 존재다. 그는 "자주 손목을 접질리"면서도 다른 이의 "손을 놓치면 안 된다"고 생각하는 사람이며, "아침마다 차를 나누어 마시는 마을"의 따뜻함을 그리워하고, "솜인형처럼 부유하며/차를 나누어 따르며/부푸는 맘"을 가진 사람이다. 그는 거센 추위를 견디기에 너무 약한 자신을 알고 있지만, "겨울이 지나고 있"다고 생각하며 긴 겨울을 견뎌내려 한다. 아무리 혹독한 계절이라도 결국 지나가게 되어 있다. "믿을 수도 믿지 않을 수도 없는 날씨"를 겪어내면서 그는 겨울이 지난 후에 올 따뜻한 계절에 대한 믿음을 지키려 노력한다.

"모르는 탄생도 축하"하는 것은 모든 생명을 향한 보편적인 애정을 뜻한다. 민들레는 자신의 씨앗을 저 넓은 세상으로 보낸다. 어디서 어떤 모습으로 심어져 생을 시작할지 모르는 씨앗은 바람을 타고 날아간다. 마치 누군가에게 도착해 새로운 의미가 되길 바라며, 시인이 쓰는 시와 같다. "우린 꿈에서나 만나겠지요"라는 기약 없는 약속을 품고 날려 보낸 작은 씨앗 같은 시는 그가 보낸 편지처럼 우리에게 날아든다. 그 역시도 수많은 세상의 존재로부터 편지를 받고 있기에, 그가 쓴 시는 답장이기도 하다. "어두운 걸음으로 돌아가듯 쓰는 답장은 어찌 맺어야 할까요"라고 그는 쓴다. 그 고민이 그를 오늘도

쓰게 하고, 우리는 그의 시에 이끌린다. 그리고 내가 쓰는 이 짧은 감상도, 그에게 기약 없이 보내는 나의 바람에 날린 씨앗 같은 답장이 된다. 어쩌면 멀리 날아가서 가만히 닿을지도 모를. (a)

광부의 역사가 된 사나이

성희직

죽어서 전설이 된 사람이 있고
살아서 역사가 된 사람도 있다

파업 투쟁 잘한다고 전설이 되는 건 아니다
광산에 오래 일했다고 역사가 되는 것도 아니다
석탄공사 함백광업소에 입사한 1969년부터
사북광업소 폐광으로 광부 생활 마친 2004년까지
막장에서 흘린 피와 땀과 눈물의 증표들을
소중하게 간직해온 광부 최시규
아무나 할 수 없는 일이기에
36년간의 임금명세표는 시가 되고
수만 광부 대신한 땀과 눈물의 기록은 역사가 되었다

1969년 10월 임금 명세서에 자필로 쓴
'노력의 보람'이란 글씨가 눈에 밟혀 뭉클하다
한 달 28일 작업에 기본급이 10,627원
야간수당 915원 더한 임금이 11,542원
갑종근로소득세 677원
배급대 4,256원
생활필수품대 100원
실수령액 6,509원이라 찍혀 있다
11월에는 임금이 14,580원으로 조금 많아져
실수령액이 8,421원이다

사북항쟁이 벌어졌던 1980년 1월에는
후생수당 15,714원
입항수당 2,619원
위험수당 10,800원
생산수당 8,247원
연장수당 39,588원 합하여
27일 일하고 19만 2,859원을 받았다

동원탄좌 협력업체 철산기업으로 이직한
1999년 2월 임금명세서엔
소득합계 125만 6,500원에 실수령액이 100만 4,383원
석탄산업합리화로 폐광이 가까웠던
2002년 3월 임금명세서엔
소득합계 138만 5,300원에 상여금이 99만 원이었다

도급제 노동이 온몸의 땀방울을 쥐어짜는 탄광 막장
70년대 중반까지는 임금이 보잘것없고
오지(奧地)인 탄광촌 물가는 턱없이 비쌌기에
'광산 돈 햇빛만 보면 녹는다'는 말도 유행했다
그러한 탄광에 청춘을 묻고 인생을 바친 최. 시. 규
빛바랜 임금명세서를 버리지 못하고 모아놓은 건
저승사자와 사투를 벌이며 버텨낸 막장의 시간이
가족의 밥이 되고 옷이 되고 학비가 되고,

웃음을 주고 행복이 되고 눈물도 배어 있기에
강산이 세 번 변하고도 남은 세월에도
한 장도 버리지 못하고 소중하게 간직했단다

2004년에 폐광한 사북광업소 유물보존회가 전시한
진짜 광부 최시규의 임금명세서엔
한 광부의 생애가 고스란히 담겨 있다
36년 노동의 값이 하나하나 숫자로 새겨져
탄광노동자의 역사가 되어 동상처럼 우뚝 서 있다.

(『푸른사상』 2022년 겨울호)

36년 노동의 값이 하나하나 숫자로 새겨져
탄광노동자의 역사가 되어 동상처럼 우뚝 서 있다

위의 작품의 화자는 "석탄공사 함백광업소에 입사한 1969년부터/사북광업소 폐광으로 광부 생활 마친 2004년까지/막장에서 흘린 피와 땀과 눈물의 증표들을/소중하게 간직해온 광부 최시규"를 소개하고 있다. 화자는 그 일이 아무나 할 수 없는 것이기에 그가 모은 "36년간의 임금명세표는 시가" 될 뿐만 아니라 파업 투쟁을 잘한 광부나 오래 일한 광부를 포함한 "수만 광부 대신한 땀과 눈물의 기록은 역사"라고 평가한다.

"최시규"가 모아놓은 임금명세표를 보면 광산 노동자의 월급 내역을 시대별로 알 수 있다. 가령 1969년의 기본급이며 야간 수당, 갑종근로소득세, 배급대, 생활필수품대 등과 실수령액을 알 수 있고, 1980년대와 1990년대에 달라진 후생수당, 입항수당, 위험수당, 생산수당 등도 알 수 있다.

"최시규"가 임금명세표를 모아놓은 이유는 무엇일까? 그것은 "저승사자와 사투를 벌이며 버텨낸 막장의 시간이/가족의 밥이 되고 옷이 되고 학비가 되고/웃음을 주고 행복이 되고 눈물도 배어 있"다고 생각했기 때문일 것이다. "2004년에 폐광한 사북광업소 유물보존회가 전시한" 그의 월급명세표는 "진짜 광부"의 역사라고 볼 수 있다. (b)

대나무

손택수

대나무는 자신의 가장 외곽에 있다
끝이다 싶은 곳에서 끝을 끄을고
한 마디를 더 뽑아올리는 게
대나무다
끝은
대나무의 생장점
그는 뱀처럼 허물을 벗으며
새 몸을 얻는다
뱀의 혀처럼 갈라지고 갈라져서
새 잎을 뽑아낸다
만약 생장이 다하였다면 거기에 마디가 있을 것이다
마디는 최종점이자 시작점,
공중을 차지하기 위해 그는
마디와 마디 사이를 비워놓는다
그 사이에 꽉 찬 공란을 젖처럼 빨며 뻗어간다
풀인가 나무인가 알다가도 모르겠다
자신이 자신의 첨단이 된 자들을 보라

(『푸른사상』 2022년 봄호)

"대나무는 자신의 가장 외곽에 있다." 이 문장은 인상적이다. '자신의 가장 외곽'이라면 과연 그곳은 어디일까? 가장 절박한 자리까지 내몰려 조금만 더 가면 이제 끝이다, 라고 느껴지는 곳이라면 아마도 더 이상 갈 곳이 없는 막다른 길, 코너, 절벽과 같은 곳일 것이다. 절망의 끝에서 다시 시작하려면 불굴의 의지와 꺾이지 않는 신념이 필요하다. '자신의 가장 외곽'에서 그것을 끌어올린다는 것은 또 얼마나 힘든 일일까. 그러나 "끝이다 싶은 곳에서 끝을 끄을고/한 마디를 더 뽑아올리는 게/대나무다." 시인은 "끝은/대나무의 생장점"이라고 선언한다. 대나무는 "뱀처럼 허물을 벗으며/새 몸을 얻"고, "만약 생장이 다하였다면 거기에 마디가 있"어 새로운 시작을 만들어내는 존재이다. "마디는 최종점이자 시작점"인 것이다.

대나무는 원래 생명력이 매우 강한 식물이다. 2차 대전의 히로시마 원폭 피해에서 대나무는 유일하게 생존했을 정도다. 그런데 이렇게 강한 대나무의 속은 텅 비었다. 흥미롭게도 이 치열한 생의 투지는 "공중을 차지하기 위"한 것이라고 이 시는 말한다. "공중을 차지하기 위해 그는/마디와 마디 사이를 비워놓"고 그 공중을 스스로 닮으려 한다. 그가 원하는 것이 눈에 보이는 세속적인 가치가 아니라는 것을 우리는 알 수 있다.

공중은 비어 있고, 형태가 없다. 거대한 부재 그 자체이다. 노자는 유와 무의 관계를 통해 생명성을 강조했다. 특히 '무'와 '허(虛)'는 생명의 근원으로 해석되곤 한다. 결국 대나무는 공중을 차지하여 그 무한한 가능성으로 자신을 채우려는 것이다. "그 사이에 꽉 찬 공란을 젖처럼 빨며 뻗어"가려는 것이다. '끝'은 그렇게 다시 '시작'이 될 수 있다. 이 '공중'이 품고 있는 것은 정신적이고 영적인 가치이며, 생성 가능성 그 자체이다. 모든 '없음'은 에너지의 새로운 분출로 다시 시작하려는 근본적 의지를 품고 있다. 대나무는 새로운 에너지를 가져다주는 창조성의 근원에 대한 비유다. 지금의 어떤 상태, 어떤 물질적 가치에 만족하거나 안주하지 않고 오히려 그것을 부정함으로써 생겨한 공백의 상태에서 다시 시작하려는 의지 그 자체다. 그래서 "자신이 자신의 첨단이 된 자"인 것이다. (a)

비대면의 세계

미국 캘리포니아주에선 수만 번의 번개가 치며
한 달째 100여 곳으로 번진 산불이
대한민국 서울 면적의 20배를 태우고도
꺼지지 않고 있는데 기후변화 때문이란다

전 세계 산소의 20%를 생산해
지구의 허파라 불리는 브라질 아마존 밀림에서는
2019년 7만 건의 불이 2020년 8월까지 10만 건의
산불로 이어지며 1년째 타오르고 있는데
이 또한 기후변화 때문이란다

2020년 2월 초 남극 마람비오 기지는
때 아닌 여름으로 인류가 남극에 발을 디딘 후
역사상 최고 기온이 관측되고
세계에서 가장 춥던 북극의 베르호얀스크에
38도의 무더위가 찾아오고

기후변화의 카나리아라는 그린란드의 대륙빙하가
한반도 2배 땅을 1.25m 높이로 잠글 양인
532조 리터까지 역대 최고 속도로 녹고 있는데
이 또한 기후변화 때문이라 하고

안데스 히말라야 등 고원에서

수억 년 태양열을 반사하며
지구의 거울로 지표를 식히던 빙벽들이 녹아 생긴 빙하호가
지난 10년새 1.5배가 늘어나고 있는데
이 또한 지구온난화 기후변화 때문이란다

우기도 아닌 한반도에 세 번의 태풍이 연달아 오고
사스 신종플루 메르스 에볼라…
코로나19가 창궐한 까닭도
기후위기 기후재난 기후변화 때문이라는데

너무들 한다
아마존 우림이 파괴되는 것이
다국적 식량 자본과 소고기 문명을 위한 목축 자본
그리고 광산업을 위해 무차별 개발을 밀어붙이는
브라질의 신종 독재자
보우소나루 때문이라고는 말하지 않고

너무들 한다
기후위기 기후재난의 원인이
전 세계 석유 자본의 무한 탐욕 때문이라는 것은
과잉 생산 과잉 소비를 부추기는 시장 때문이라는 것은
자동차 문명 플라스틱 문명 때문이라는 것은, 그 눈먼
개발과 발전의 신화 때문이라는 것은 말하지 않는

교육도 언론도 문화도 정치도 너무하다

이 모든 종말과 파멸의 주범은
산불도 폭염도 미세먼지도 오존층도 아닌
태풍과 토네이도와
멸종해가는 종다양성도 녹아가는 빙하도 아닌
박쥐도 천산갑도 멧돼지도 고양이도 아닌
사스도 메르스도 에볼라도 코로나19도 아닌

진실과 오랫동안 비대면해온
인간 그 스스로이다
우리가 끝내 우리의 유한한 삶과
무한한 세계에 대한 무한한 무지에 대해 인정하고
한없이 소박해지지 않는 한
세계의 재난은 끊이지 않을 것이며
파국은 멈추지 않을 것이다

(『백조』 2022년 여름호)

진실과 오랫동안 비대면해온
인간 그 스스로이다

위의 작품에 따르면 "미국 캘리포니아 주에선 수만 번의 번개가 치며/한 달째 100여 곳으로 번진 산불"로 "대한민국 서울 면적의 20배를 태우고도/꺼지지 않고 있"다. "브라질 아마존 밀림에서"도, "남극 마람비오 기지"에서도, "북극의 베르호얀스크"에서도, 심지어 "한반도"에서도 다양한 기후 변화가 일어나고 있다.

작품의 화자는 전 세계에서 발생하고 있는 기후변화의 원인에 대해 일반적인 견해에 동의하지 않는다. "너무들 한다"고 비판한다. 가령 "아마존 우림이 파괴되는" 상황이 "다국적 식량 자본과 소고기 문명을 위한 목축 자본"과 "브라질 신종 독재자/보우소나루 때문이라고" 왜 말하지 않느냐고 따지는 것이다.

화자는 인간들 스스로 "유한한 삶과/무한한 세계에 대한 무한한 무지에 대해 인정하고/한없이 소박해"져야 재난을 막을 수 있다고 본다. 인간이 무한한 탐욕을 줄여야만 기후 재난을 막을 수 있다는 것이다. 그것을 위해서는 교육도, 언론도, 문화도, 자본주의 체제와 투쟁하는 것이 필요하다. (b)

새로운 뼈 묶음

새 사람이 앉아 있다
새 사람이 벤치에 앉아 있다
어제 새 사람 아니었고
내일 새 사람 아니지만
오늘 새 사람인

사람이 벤치에 앉아 있다
사람답지 않은 얼굴을 감싸쥐고
감싸쥔 손에서 뻗어나간 빛줄기 사이로
두 눈 가늘게 뜨고
세상 보고 있다
무언가 끊어진 것처럼
맥락 없이
모두 처음인 듯

새 사람이 보는 세상은
새 세상이다
어제 아니었고 내일도 아니지만
오늘은 새로운
세상이다

새 사람이 앉아 있다
벤치에 앉아 불을 보고 있다

건물을 태우며 성장하는 불을
모두 태워버린 뒤에도 여전히 타오르는 불을 보고 있다
태울 것이 남아 있다는 듯이
태울 것을 가지고 있는
새 사람이 있다
새 세상에
내일 더는 새롭지 않은 사람이
어제 더는 새로울 수 없었던
세상에

(「현대시」 2022년 2월호)

내일 더는 새롭지 않은 사람이
어제 더는 새로울 수 없었던

이 시에 등장하는 "새 사람"은 "어제 새 사람 아니었고/내일 새 사람 아니
지만/오늘 새 사람인" 사람이다. 어제와 달리 오늘 새롭다는 것은 자연스러운
일이지만, 오늘만 새롭고 내일 더 이상 새롭지 않다는 것은 어떤 의미일까?
눈여겨볼 것은 "새 사람"이 "새 세상"과 연결되는 지점, "새 사람이 보는 세상
은/새 세상이다"라는 문장이다. 그는 '사람답다'라는 관습적 성질이나 자격으
로부터 거리가 먼 사람, '사람답지 않음'에서 비롯된 시선으로 세상을 보는 사
람이다. "무언가 끊어진 것처럼/맥락 없이/모두 처음인 듯" 세상을 보는 것은
어제의 사람다움과 단절하고 새 사람다움으로 보는 것이다. 시인은 바로 그
렇게 보는 세상이 "새 세상"이라고 말한다. 하지만 "새 사람"도 "새 세상"도 오
늘만 새롭다. 어제를 부정하여 오늘의 새로움을 증명하는 것은 쉬울지 몰라
도, 오늘의 새로움이 내일도 새로울 거라 장담하기는 어려운 일이다. 오늘의
새로움은 '오늘'이라는 시대성이 허락하는 만큼만 새롭다. "건물을 태우며 성
장하는 불"이 역사의 시간이라면, 그것은 지나간 모든 것을 불쏘시개로 삼아
계속해서 타오른다. "새 사람"은 "여전히 타오르는 불"을 바라보면서 남아 있
는 "태울 것"(어제)만이 아니라 가지고 있는 "태울 것"(오늘)도 불 속으로 밀어
넣어야 한다. "새 사람"은 "내일 더는 새롭지 않은 사람"일 것을 각오함으로써
"어제 더는 새로울 수 없었던/세상"을 살 수 있다. 그는 영원히 타오르는 역사
의 장작불에 "새로운 뼈 묶음"을 던지고 내일 더는 새롭지 않을, 오늘만큼의
새 세상을 얻는 것이다. (c)

책을 듣다

손끝과 발가락 끝으로 형체 없음이 지나가요

지나가고 있어요 지나가는 걸 느껴요

처음엔 울림이 내 몸을 두드리고

그 두드림이 더 깊이 몸의 몸속으로 흘러 들어가고

지금은 울림마저 다 놓아버리고 그냥 느껴요

느낌도 지워버려요

다만 귀만 열어요 종이 언어 언어의 그림자 행간

두드림 소나기 의문 공감의 너울에 귀 기울여봐요

태반에서 지금 이 순간까지의 길이 확 뚫려요

들려요 그 리듬으로 내면으로부터 세상까지의 길이 보여요

생은 경청으로 더 더 넓어져요 귀는 더 소곳해지지요

들으면 보여요 보이면 살아나요

다 내리고 다 가지면

손끝 발끝의 착지에 힘이 가요

몸이 따뜻해져요.

(『현대문학』 2022년 1월호)

손끝과 발가락 끝으로 형체 없음이 지나가요
지나가고 있어요 지나가는 걸 느껴요

시인은 책을 '듣는'다. "손끝과 발가락 끝으로 형체 없음이 지나가"는 것을
느끼고, "울림이 내 몸을 두드리고//그 두드림이 더 깊이 몸의 몸속으로 흘러
들어가"는 것을 감각하려 했지만 더욱 시심이 깊어진 지금은 "울림마저 다 놓
아버리고 그냥 느껴"보고자 한다. 아니, 더 나아가 아예 느낌조차 지워버리겠
다고 한다. 다만 시인은 귀를 열어 "종이 언어 언어의 그림자 행간//두드림 소
나기 의문 공감의 너울에 귀 기울여"보자고 제안한다.

"태반에서 지금 이 순간까지의 길이 확 뚫려요//들려요 그 리듬으로 내면
으로부터 세상까지의 길이 보여요//생은 경청으로 더 더 넓어져요 귀는 더 소
곳해지지요"라고 시인은 쓴다. 시작 생활 60년이 다 된 시인의 시 구절에 '시'
를 향한 깊고 절실한 마음과 오랜 시간 쌓아온 시 쓰기에 대한 원숙한 철학이
엿보인다. "들으면 보여요 보이면 살아나요"라는 말처럼 시를 쓰기 위해서는
깊이 듣고 관찰하는 일이 매우 중요하다. "다 내리고 다 가지면//손끝 발끝의
착지에 힘이 가요//몸이 따뜻해져요"라고 시인은 쓴다. 이것은 결정적인 시
의 순간이다.

'결정적인 순간'은 프랑스의 사진작가 카르티에 브레송이 자신의 사진집에
『결정적 순간(Images à la sauvette)』(1932)이라는 타이틀을 붙인 이후 유명해진
표현이기도 한데, 브레송은 "렌즈가 맺는 상(像)이 끊임없이 움직이다가, 시
간을 초월한 형태와 표정과 내용의 조화에 도달한 절정의 순간"이 바로 이것
이라고 하였다. 이 결정적 순간을 맞은 시는 "내면으로부터 세상까지의 길"을
보여준다. 책의 소리에 귀 기울일수록, 세상은 점점 더 넓어지며 눈앞에 아득
히 펼쳐진다. (a)

토키영화

너는 말한다, 알 수 없는 말
한순간 들판 같아서 내달리다 쓰러진 돌들이 군데군데
풀냄새를 맡는다

그것이 긴 여행 같다는 생각을 했다

한순간 절벽 같아서 발끝에서 떨어지는 돌멩이 아찔한 깊이에서 어
둠이 입을 벌리고
너는 말한다, 한순간

모든 말들을 다 알고 있다는 생각을 했다 말하지 않은 말까지 다 알
고 있어서
사실이 필요하고 그보다 더 많은 거짓이 필요하고, 마지막에 올라가
는 자막처럼
긴 고백의 목록이 필요한 것

새들이 말한다, 아침의 말

비가 말한다, 젖은 말

유리가 말한다, 깨지면서 단 한 번
그러면 생각한다
새들의 말 속에는 새들의 순간이 매번 깨지고 비의 말 속에서 비의

순간이 매번 깨지고
　너의 말 속에서 너는 매번 깨진다

　그것이 짧은 인생 같다는 생각을 했다
　영화가 끝나고

　극장을 나오다
　구멍이 많은 돌을 보았다 어둠을 뭉쳐놓은 것처럼 검은 돌이었다,
극장의 어둠이
　사람들을 데리고 영화 밖으로 달려가다 쓰러져 돌이 된 것 같다는
생각을 했다
　눈알을 담아주고 싶은 구멍이었다, 돌아보면 안 되는데

　그것이 고백인 것 같아서 돌아보다 그만, 돌이 된 어둠
　립밤을 발라주고 싶은 구멍이었다

　천천히 입술이 열리고, 말하면 안 되는데

　쿵, 어둠 속으로 떨어진 돌이 오직 깨지면서 자신의 바닥을 고백하
는 것처럼
　너는 말한다, 알고 있는 말
　그것이 긴 여행을 하는 짧은 인생 같다는 생각을 했다

너는 말한다, 사실은

죽은 주인공들이 모두 살아 있어서 스크린 뒤에서 여전히 우리를 보
고 있다고

극장을 나와도 끝나지 않는 영화가 있어서

밤마다 어둠 속으로 떨어진 사람들을 꿈의 뒷골목 이리저리 끌고 다
니며 알 수 없는 말을 가르친다고,

사실은

모든 돌들이 죽은 고백이라고

너의 말 속에서 너는 깨져서, 입을 맞추면
피가 묻어난다

(「문학들」 2022년 가을호)

너의 말 속에서 너는 깨져서, 입을 맞추면
피가 묻어난다

시인은 세상의 모든 것들이 말을 한다고 느낀다. 말을 하면서 말을 하지 않는 것도, 말을 하지 않지만 많은 말을 하는 것도 있다. 세상의 말은 제각기 다르다. "새들이 말한다, 아침의 말//비가 말한다, 젖은 말//유리가 말한다, 깨지면서 단 한 번"이라는 구절처럼 동물과 자연물과 사물은 인간의 방식으로 말하지 않는다. 인간은 많은 말을 하지만, 자연은 대개 인간보다 과묵하다. 시인은 "새들의 말 속에는 새들의 순간이 매번 깨지고 비의 말 속에서 비의 순간이 매번 깨지고/너의 말 속에서 너는 매번 깨진다"고 쓴다. '무언' 속에서 말을 하는 자연의 언어는 훨씬 단순하지만 이해하기 어렵다. 인간의 언어는 훨씬 복잡하고 다변이지만 소통이라고 하는 근본적 목적을 이루는 데 거의 실패하곤 한다. 시인은 경청하려 노력하지만, 대부분 알아듣기 어려운 말들이다. 하지만 깨지는 것이 오히려 언어의 진실에 가까운 것일 수도 있다. "어둠 속으로 떨어진 돌이 오직 깨지면서 자신의 바닥을 고백하는 것처럼" 말이다. 깨지는 말들을 향해 시인은 "그것이 긴 여행을 하는 짧은 인생 같다는 생각"을 한다.

"한순간 절벽 같아서 발끝에서 떨어지는 돌멩이 아찔한 깊이에서 어둠이 입을 벌리고" 있는 가운데 어떤 소리가 울려 퍼지고, 그것을 듣는 순간 말은 이미 깨어지고 있다. 그러나 우리는 말해진 것뿐 아니라 숨겨진 것도 이해할 수 있는 능력을 가졌다. "모든 말들을 다 알고 있다는 생각을 했다 말하지 않은 말까지 다 알고 있어서/사실이 필요하고 그보다 더 많은 거짓이 필요하고, 마지막에 올라가는 자막처럼/긴 고백의 목록이 필요한 것"이라는 구절처럼 '무언'은 때로 말보다 더 깊은 의미가 된다. "사실은/모든 돌들이 죽은 고백" 일 수도 있다.

"죽은 주인공들이 모두 살아 있어서 스크린 뒤에서 여전히 우리를 보고 있다고" 생각한다면 영화가 끝나더라도, 끝나지 않은 것만 같다. 꺼진 스크린에서 우리가 듣는 소리는 어쩌면 신의 목소리 같다. 신은 인간이 들을 수 있는 아무런 말도 하지 않지만, 만물에 깃들어 있으면서 세상 모든 소리에 서린 의미가 된다. 어쩌면 시를 쓴다는 것은 자연의 말과 신의 말 사이에서 인간의 언어로 최대한의 의미를 구현하려 애쓰는 일이 아닐까? 하지만 시인은 알아듣기 쉽게 이야기하지 않으며, 사람들이 쉽게 그 의미를 찾도록 남김없이 말하지도 않는다. 시인은 "밤마다 어둠 속으로 떨어진 사람들을 꿈의 뒷골목 이리저리 끌고 다니며 알 수 없는 말을 가르"치는 사람이다. 말 속에서도 말은 자꾸만 깨어진다. 그러나 시인은 그 깨어진 말에 입을 맞춘다. 피가 묻어나는 언어의 파편이 그의 입안에서 굴러다닌다. 그것이 그가 언어를 사랑하는 방식이다. (a)

서랍에 들어가다

안명옥

서랍에 들어간다
속도가 사라진 서랍은 아늑하다

내 허물을 벗겨내던 무딘 칼도
서랍 안에서 얌전하다

자리를 지키려고 애쓰던 연필 엽서 여권들도
내밀함으로 뒤섞여 서로를 품어준다

서랍 안은 소리 없는 풍문이 가득 차고
선을 그을수록 경계에 놓이던 나는
위치를 조금씩 바꾸며

마음을 비워낸다 비워낼 때 서랍인 것처럼
여자는 자꾸 방을 채우려 하고
남자는 비우려 한다는 걸 뒤집듯

지켜야 할 침묵도
버려야 할 침묵도 나에게 가르쳐준 서랍

열려진 서랍은 불편해
서랍을 정리하면 선명해지는 관계들

서랍의 품격을 높여주는 고독처럼
세상이 만든 소란들도 서랍 안에 들면
고요해진다

원고를 서랍 안에 넣고 일주일을 두면
서랍이 내 생각을 수정해주고

시간이 흐를수록
헐렁해지던 서랍은 깊어간다
요람처럼

하루만 서랍 안에 있으면
누군가 나를 또 궁금해하고

(『사이펀』 2022년 가을호)

지켜야 할 침묵도
버려야 할 침묵도 나에게 가르쳐준 서랍

위의 작품의 화자는 서랍에 들어가 있으면 "속도가 사라진" 세상이어서 아늑함을 느낀다. 자신뿐만 아니라 "칼도/서랍 안에서 얌전하"고, "자리를 지키려고 애쓰던 연필 엽서 여권들도/내밀함으로 뒤섞여 서로를 품어준다". 서랍은 "지켜야 할 침묵도/버려야 할 침묵도" 가르쳐준다.

서랍은 화자에게 편안함을 주고, 기쁨을 주고, 만족감을 주고, 행복을 주는 대상이다. 그 이유는 무엇보다 속도로부터 쫓기지 않기 때문이다. 이 자본주의 체제 속에서 살아가는 사람들은 경쟁에 함몰되어 속도를 낼 수밖에 없다. 그에 따라 "소란"에 시달리고 "풍문"에 휩싸이고, 결국 자신의 주체성을 상실하고 만다.

화자가 서랍 안에 들어가는 것은 삶의 주소로부터 회피하는 것이 아니라 자신을 지키는 것이다. 곧 자신을 준비하고 되살리는 시간이다. "하루만 서랍 안에 있"어보라, "누군가 나를 또 궁금해"할 것이다. (b)

햇빛 옮기기

안미옥

흐르지 않는다
멈추지도 않는다

눈을 뜨자마자 너는
커튼 틈으로 방에 들어온 햇빛을 찾는다

크고 무거웠는데
작고 따듯해진 동그란 빛을

다 피기도 전에 지고 있는 꽃처럼
물도 물고기도 없는 어항처럼

무엇이 되려고
빛은 생겼다가 없어지고

키우던 개는 열한 살이 되면서
귀가 멀고 눈이 멀었다
착한 개는 아파도 아프다는 표현을 하지 않는다

아이는 뛰다가 넘어져도 일어나 바지를 툭툭 턴다
넘어지는 것이 당연하다는 듯이
아무렇지도 않다는 듯이

내게도 가능할까

알고 싶지 않은 것들만 가득해서
모래를 움켜쥐고 개천에 돌을 던지는 마음으로 서 있었다

모래보다 큰 돌을 찾아다녔다
물속으로 던지려고, 던져서
사라지는 것을 보려고

커다란 벽에 가로막혀 서 있다가 나는
벽에 기대어 누워본다

이제 나는
아픈 것만 골라서 말하는 사람을 믿지 못한다

멀리 던진 돌은 먼 곳에서
가라앉아 있다

(『자음과모음』 2022년 여름호)

흐르지도 않고 멈추지도 않는다는 것은 그 대상을 어느 한쪽으로 규정하기 어렵다는 뜻일 것이다. 문제는 대상의 속성이 아니라 거기서 발견하는 무엇인지도 모른다. "무엇이 되려고/빛은 생겼다가 없어지"는지 회의하는 '나'와 달리 "작고 따듯해진 동그란 빛을" 찾아내는 '너'처럼, "아파도 아프다는 표현을 하지 않는" "착한 개"처럼, "넘어지는 것이 당연하다는 듯이" 일어나는 아이처럼. 화자는 이런 발견과 태도가 "내게도 가능할까"라고 묻는다. 이런 자문은 많이 아프고 많이 넘어져본 사람, 이미 알고 있는 것에 비추어 앞으로 알게 될 것에 희망을 걸 수 없는 사람에게서 나올 법한 것이다. 지금까지 화자는 "모래를 움켜쥐고 개천에 돌을 던지는 마음"으로 살아왔던 것 같다. 손에 있는 작고 가벼운 모래보다 멀리 던질 수 있는 크고 무거운 것을 찾는 마음은 무엇일까? 더 크고 무거운 것을 물속으로 던져 사라졌다고 믿고 싶은 마음은 "커다란 벽에 가로막혀"본 사람이 지니는 마음일 것이다. 하지만 화자는 자세를 바꾸어본다. 정면에서 막고 있던 벽이 기대어 누울 수 있는 바닥이 될 수 있다면 "아픈 것만 골라서 말하는 사람"이 아니라 착한 개나 아이가 보여준 것을 믿어야 하지 않을까? "멀리 던진 돌"은 사라진 것이 아니라 "가라앉아 있다"는 것을 인정할 때 내 몸은 먼 곳이 아니라 가까운 곳의 햇빛을 따라 움직일 것이다. '햇빛 옮기기'는 햇빛을 잘 받도록 화분을 옮기는 것처럼 순간순간 변하는 빛을 따라 나를 옮기는 일인 것이다. (c)

굉장한 삶

안희연

계단을 허겁지겁 뛰어 내려왔는데
발목을 삐끗하지 않았다
오늘은 이런 것이 신기하다

불행이 어디 쉬운 줄 아니
버스는 제시간에 도착했지만
또 늦은 건 나다
하필 그때 크래커와 비스킷의 차이를 검색하느라

두 번의 여름을 흘려보냈다
사실은 비 오는 날만 골라 방류했다
다 들킬 거면서
정거장의 마음 같은 건 왜 궁금한지
지척과 기척은 서로의 존재를 알고 있을지

장작을 태우면 장작이 탄다는 사실이 신기해서
오래 불을 바라보던 저녁이 있다

그 불이 장작만 태웠더라면 좋았을걸
바람이 불을 돕지 않았더라면 좋았을걸
솥이 끓고
솥이 끓고

세상 모든 펄펄의 리듬 앞에서
나는 자꾸 버스를 놓치는 사람이 된다

신비로워, 딱따구리의 부리
쌀을 세는 단위가 하필 '톨'인 이유
잔물결이라는 말

솥 안에 무엇이 들었는지는 모른다
다만 신기를 신비로 바꿔 말하는 연습을 하며 솥을 지킨다
떠나지 않는 사람이 된다는 것
내겐 그것이 중요하다

(『현대시』 2022년 3월호)

정거장의 마음 같은 건 왜 궁금한지
지척과 기척은 서로의 존재를 알고 있을지

이 시는 일상의 작은 에피소드나 단어들의 미세한 차이에 대해 말하면서 "신기를 신비로 바꿔 말하는 연습"을 수행하고 있다. 보통의 일상을 남다른 예민함으로 들여다보면 신기한 일이 많다. 오늘은 "계단을 허겁지겁 뛰어 내려왔는데/발목을 삐끗하지 않"은 것이 신기하다. 화자는 "크래커와 비스킷의 차이를 검색하느라", "정거장의 마음"이나 "지척과 기척"의 관계를 궁금해하느라 늘 버스보다 늦게 도착한다. 불행은 쉽지 않다고 안도하지만 "또 늦은 건 나"이고 "두 번의 여름을 흘려보냈다"고 생각하지만 여름과 함께 방류한 것은 다 들키고 만다. 화자는 지금 자꾸 무언가에 붙들려 이상한 감정을 느끼고 있는 것이다. "장작을 태우면 장작이 탄다는 사실"은 어째서 신기할까? 우리는 우리가 사물에 어떤 일이 일어나게 한다고 생각하지만 우리의 행위와 결과에는 늘 사물과 사물의 관계가 전제되어 있다. 불과 장작만 생각했는데 바람이 개입하는 순간 예상치 않은 일이 벌어지는 것처럼. '솥'은 우리가 알지 못하는 사물들의 세계이고, 그것은 "세상 모든 펄펄의 리듬"으로 끓고 있다. 화자는 버스 시간 같은 아는 세계가 아니라 사물들의 모르는 세계에 이끌려 "자꾸 버스를 놓치는 사람이 된다". '신기하다'는 발견에 '신비롭다'는 경이를 더하면 내가 모르는 세계, 마음대로 개입할 수 없는 세계, 그러나 내가 지킬 수도 있는 세계를 보게 된다. '솥'은 끓고 있는 지구일 수도, 지척에서 기척을 보내는 사물이나 단어일 수도 있지만 중요한 것은 그것들의 곁을 "떠나지 않는 사람이 된다는 것"이다. 그것이 시인이 말하려는 '굉장한 삶'일 것이다. (c)

식상

출근하지 못해 안달 난 사람처럼 출근하고 있다

오래전 이곳엔 숨어 있을 곳이 많았다
다락이 있었다
창고가 있었다
지하가 있었다
골목이 있었다
단골이 있었다
슬픔이 있었다
거룩이 있었다
네가 있었다

나의 친구들은
절망하기보다 불타오르기를 선언한다
싸움을 준비하면서도 경쟁적으로 노래한다
귀찮은 존재들이 서로 좋아지기 시작한다
망각이 끝나면 자각이 시작된다는 걸 믿는다
폐허 속에 사는 거나 다름없지만
가본 적 없는 곳을 그리워할 수 있다고 주장한다

출근하면서 시를 쓰는 일은
저항을 담보로 앞으로 나아가는 것이라고 읊조린다
길었던 여름의 비는 낱말을 뿌리고 거짓말을 몰고 간다

떨어져 있던 '숭앙'이라는 단어를 찾고 손뼉을 치며 웃는다
투쟁할 수 없으면 타협하면 된다는 농담을 주고받는다

나의 출근은 지나치게 긍정적인 우울로 멈칫거리고 있다

(『창비』 2022년 여름호)

폐허 속에 사는 거나 다름없지만
가본 적 없는 곳을 그리워할 수 있다고 주장한다

'출근'은 하고 싶은 일이기보다는 해야 하는 일에 가깝다. 그런데 화자는 "출근하지 못해 안달 난 사람처럼 출근하고 있다"고 말한다. 여기에는 어떤 자조 또는 역설이 숨어 있는 듯하다. 출근하고 싶어 몸이 달아오르는 일은 좀처럼 있을 수 없는 일이니 그토록 조급하게 반복되는 출근은 습관성 생존 감각 덕분일 것이다. 하지만 생존을 위해서는 밥벌이만이 아니라 "숨어 있을 곳"도 필요하다. "오래전 이곳엔 숨어 있을 곳이 많았다"는 것은 지금은 그런 곳이 없다는 의미이다. '다락', '창고', '지하', '골목', '단골', '슬픔', '거룩', '네'가 있었던 세상은 사라졌다. 사람은 밥으로만 사는 게 아니라 같이 노래하고 서로 좋아하고 슬픔을 나누고 거룩함을 느끼고 사랑하면서 사는 것인데 그런 삶의 가능성이 점점 희미해지고 있다. 그럼에도 "나의 친구들"은 이 '폐허' 속에서 절망보다는 싸움을, 망각보다는 자각을, 포기보다는 그리움을 선택한다. "출근하면서 시를 쓰는 일"은 바로 그러한 선택의 최고봉이다. 화자는 이 선택에 '저항'이라는 단어나 '숭앙'이라는 단어를 얹어보면서, 그 조합에 진지한 믿음을 보태거나 민망한 웃음을 더하면서 '투쟁'과 '타협' 사이 생존의 자리를 진단해본다. "지나치게 긍정적인 우울"은 이 식상한 출근에 대한, 쉽게 해소되지 않을 양가감정일 것이다. (c)

유리 광장에서

윤은성

기억하니
우리는 음악과 지구과학*을 같은 날 배우고
함께
옥상에 올랐잖아

구름 사이로 빛이 보이면 무언가 알아챈** 것만 같은
기분도 들고
소나 강아지의 이마를 만지는 것 같은
부드러운
떠가는 시간을 촘촘히 알 것 같았잖아

이게 다 무슨 소용일까 하면서
엎드려 울기밖에 할 수 없더라도
시간에 맞추어 책상에 앉아 이어폰을 나눠 끼었잖아

그때도 이걸 알았던 기분이야
내가 사는 도시에선 자주 광장으로 사람이 모이고 흩어져
계속 말하려고 하는데 어쩐지
여기에서 외치는 기도가 멀리까지 가닿지 못하는 기분도 들고

우리는 함께 흘러가는 구름을 보고 노래를 들으면서도
날아가지 못했어

날개 같은 게 쉽게 얻어지지 않는단 걸 확인해
대신
그때 우리가 느꼈던 건 옥상에 있어도
잠겨가는 기분

또 때론
빼곡한 책상에 엎드렸던 아이들이
목말라 창밖으로 나가려고 유리를 두드리는 장면

그때도 그걸 느꼈다면
여기서 이제 우리는 무엇을 더 느끼고
어떤 희망을 적으며 한 해를 마감하고 나이를 더 먹어야 해?

내 목소리가 지상에서
또 지하에서 잠시 울리고 사라져

우리가 붙들고 모이는 게
미래를 등지고 선 사람들이 몸을 되돌려보려고
보이지 않는 선으로 연결된
조용한 기도라고 하자

유리와 안개를 동시에 깨뜨리고

밖에서 안으로 집어넣는
손들을 알아채려 잠시 모였다고 하자

* 교사 보란 님을 통해 과학 교과목이 따뜻할 수도 있겠다고 상상함.
** 동물해방 운동을 하는 혜린 님과의 대화에서 "알아채다"라는 말을 전해 받음.

(『문학과사회』 2022년 겨울호)

내 목소리가 지상에서
또 지하에서 잠시 울리고 사라져

이 시의 화자는 '우리'로 호명되는 누군가와 기억을 공유하고 있다. 그 기억은 학창 시절의 어떤 장면, 아니 그때 함께 느꼈던 어떤 기분과 관련되어 있다. 그것은 "무언가 알아챈 것만 같은/기분", "떠가는 시간을 촘촘히 알 것 같았"던 기분이기도 하지만 "날개 같은 게 쉽게 얻어지지 않는단 걸 확인"하는 기분, "옥상에 있어도/잠겨가는 기분"이기도 하다. 때로 그것은 아이들이 "유리를 두드리는 장면"으로 소환되기도 한다. 우리는 함께 옥상에 올라 구름을 보고 노래를 듣고 무언가 알아챈 것 같았지만 보이지 않는 유리에 가로막혀 있었다. 그런데 그때의 그 기분은 지금의 이 기분을 앞서 느꼈던 것 같은 기분이다. "그때도 그걸 느꼈다면/여기서 이제 우리는 무엇을 더 느끼고" 희망하고 늙어가야 하는 것일까? "여기에서 외치는 기도가 멀리까지 가닿지 못"한다면, "내 목소리가" "잠시 울리고 사라"질 뿐이라면 지금의 이 광장도 여전히 유리에 막혀 있는 것은 아닐까? 시인은 그때 그랬던 것처럼 지금도 '알아채는 것'이 중요하다고 말하는 것 같다. "우리가 붙들고 모"여서 미래를 향해 몸을 되돌린다면 "유리와 안개를 동시에 깨뜨리고/밖에서 안으로 집어넣는/손들을" 알아챌 수 있지 않을까? 밖에서 오는 손들도 여럿의 것이고 안에서 알아채는 감각도 여럿의 것일 때 세상의 기분은 바뀌고 우리의 목소리는 멀리까지 닿게 될 것이다. (c)

일복

윤임수

밤에도 식을 줄 모르는
삼복더위를 좀 씻고자 찾아간
오징어를 맛있게 볶는다는 오복집에서
자연스럽게 오복에 관한 이야기가 나왔는데
오복의 다섯 가지를 제대로 아는 사람이 없어
오래 사는 것이다
건강하게 사는 것이다
풍요롭게 사는 것이다
생각나는 대로 한 마디씩 흘리다가
그중의 하나라도 있으면 좋겠다며
소주 한 잔을 단숨에 들이켜고
그래도 일복은 타고났다는 네 말에
그래 그것도 복 하나로 치자
가벼운 웃음을 건넸지만
요즘 같은 세상에 일할 수 있는 것이 어디인가
취업을 못 해 미래를 포기하는 청년들을 생각하면
인력소개소에서 발길을 돌리는 중년들을 떠올리면
일할 수 있다는 것도 참으로 큰 복이지
그래 오복은 묻어두고
그래 삼복도 접어두고
오늘은 일복을 위해서 한잔하자고
흐려진 잔이나 애써 한 번 더 부딪치는 것이다

(『내일을여는작가』 2022년 하반기호)

그래도 일복은 타고났다는 네 말에

그래 그것도 복 하나로 치자

위의 작품의 화자는 삼복더위를 경관 좋은 데서 피할 형편이 못 되어 "오징어를 맛있게 볶는다는 오복집"을 찾았다. 화자는 그 자리에서 함께한 사람들과 "자연스럽게 오복에 관한 이야기"를 나누었는데, "오복의 다섯 가지를 제대로 아는 사람이 없"었다. 어떤 사람은 "오래 사는 것"이라고 말하고, 어떤 사람은 "건강하게 사는 것"이라고 말하고, 또 다른 사람은 "풍요롭게 사는 것"이라고, "생각나는 대로 한 마디씩 흘"렸다. 사람마다 "오복"은 다를 수밖에 없다. 일반적인 사람들은 오래 살고, 건강하게 살고, 풍요롭게 사는 것 이상의 복을 기대하는 것이 어렵다. 가령 덕을 베푼다거나, 명예를 높인다거나, 위대한 업적을 남기는 것 등은 차원이 다른 복이다.

화자는 "일복은 타고났다"는 한 일행의 말을 거절하지 않는다. 오히려 "요즘 같은 세상에 일할 수 있는 것이 어디인가"라고 고마워한다. "취업을 못 해 미래를 포기하는 청년들을 생각하면/인력소개소에서 발길을 돌리는 중년들을 떠올리면/일할 수 있다는 것도 참으로 큰 복"이라고 기꺼이 동의하는 것이다.

어느덧 노동자들은 사용자에게 임금을 올려달라, 근무 조건을 개선해달라, 복지 시설을 마련해달라 등의 요구를 마음대로 할 수 없는 처지에 놓여 있다. 그 대신 일을 더 하게 해달라, 밥만 먹게 해달라 등을 호소한다. 컴퓨터의 등장, 기술 개발, 값싼 임금 노동자의 유입 등으로 일자리가 줄어들었기 때문이다. 과연 "일복"이 "오복"의 한 가지인가? (b)

함박

이병국

스테이크를 떠올린다면 하루가 고픈 일이지

눅진한 몸을 식혀 단단한 생활로 이끄는 함바 말고

겹겹이 쌓인 둥근 잎 안쪽 노란 망울 맺는 미나리아재비, 함박
폭신폭신하게 안겨 한잠 푹 잘 수 있으리라는, 함박
짙어 해맑게 주름 맺힌, 함박
수줍게, 함박

통나무를 파서 만든 바가지로 함박을 떠
동글납작한 그릇에 담아 내어놓으면
아무래도 넘칠 수밖에

기울여 붙잡은, 함박

자주 비워둔다 해도 가파른 몸을 어쩌지 못해

다보록한 아침을 오래 바라보다
남들처럼 아무렇지 않게

툭툭 털어내도 되겠다

(『애지』 2022년 여름호)

'함박'은 여러 뜻을 가진다. 사전적으로 "통나무의 속을 파서 큰 바가지같
이 만든 그릇"이기도 하고, "벌어진 입이 매우 크다"는 의미도 있지만 함박꽃
나무의 꽃. 작약의 꽃을 뜻하기도 한다. 시인이 건설 현장의 간이식당을 의미
하는 '함바'가 아니라고 말하거나, 값비싼 양식당의 '함박' 스테이크를 떠올리
면 "하루가 고픈 일이지"라고 말하는 이유는 생존의 논리나 자본의 논리를 벗
어난 곳을 상상하기 위함이다.

"겹겹이 쌓인 둥근 잎 안쪽 노란 망울 맺는 미나리아재비, 함박/폭신폭신
하게 안겨 한잠 푹 잘 수 있으리라는, 함박/짙어 해맑게 주름 맺힌, 함박"은
어떤 물질적 가치로도 환원할 수 없는 의미가 된다. "통나무를 파서 만든 바가
지로 함박을 떠/동글납작한 그릇에 담아 내어놓으면/아무래도 넘칠 수밖에"
라는 구절처럼 깊이 있는 것들을 얕은 곳에 놓으면 자연히 넘치게 된다. 지금
현대인들이 상실해가고 있는 것들은 대개 정신적 가치를 지니며, 이는 사물의
본질과 존재의 내면을 살피고 생각해보는 성찰적 태도로 실현할 수 있다.

시인은 '깊이'를 만들기 위해 그릇을 "기울여 붙잡"고, 넘쳐 흘러가도록 한
다. "다보록한 아침을 오래 바라"볼 수 있는 시적 화자는 성찰적 주체의 모습
을 하고 있다. '남들'이 무거움을 덜어내고 가벼워져 있듯 시적 화자도 "아무
렇지 않게//툭툭 털어내"버릴 수 있겠다고 생각한다. 아마도 그는 가볍게 털
어내버린 후 '깊은 함박' 안을 다시 채울 수 있는 다른 무게를 생각할 것이다.
그가 시를 통해 찾으려고 하는 무게는 사회가 부과하는 '짐'들과는 다르게, 가
볍고도 깊이 있고, 무거우면서도 홀가분하다. 그것이 그를 "가파른 몸"으로부
터 진정 자유롭게 해줄 것이다. (a)

이면지 뭉치

이병률

매트리스를 끌고 가는 사람을 보고
관을 끌고 간다고 느끼는 사람과
사랑을 끌고 간다고 느끼는 사람과

매트리스를 따라가고 싶다는 사람과
그것이 매트리스라는 걸 모르는 사람과

매트리스를 힘겹게 끌고 가는 사람을 보고
그걸 버리러 어딘가를 가는 길일 거라는 사람과
그 위에 뭔가를 태우고 이동하고 싶어 그럴 거라는 사람과

그 안에 가득 들어 있는 것이 솜 같은 게 아니라
다른 무엇일지도 모른다며
어쩌면 뭔가를 닦아낸 것일지도 모른다는 나를 포함하여

일제히 모두가 보고 있다

매트리스를 끌고
얼굴도 보여주지 않은 채 길을 가는
그 호젓한 사내의 등짝을

(『문학과사회』 2022년 여름호)

이면지는 대부분 재활용되지 않는다. 매트리스와 마찬가지다. 재활용이
불가능한 것들은 폐기될 운명을 가지고 있지만, 누군가가 다시 사용해준다면
새로운 가치와 효용을 가질 수도 있다. 이 엇갈린 운명의 길 앞에서 '매트리
스'를 바라보는 서로 다른 시선이 존재할 수 있다. 버려지고 처분될 물건으로
바라보는 사람은 매트리스가 죽음을 담는 '관'처럼 느껴질 수도 있고, 새롭게
사용할 수 있는 물건으로 바라본다면 누군가가 그 위에서 사랑을 나눌 수 있
는 침대를 떠올릴 수도 있다. 이면지와 매트리스에게는 여전히 가능성이 잠재
되어 있다. 그러나 잠재성을 알아보지 못하면 소용이 없다. 누군가는 아예 그
것이 매트리스인지조차 모르기도 한다.

"매트리스를 힘겹게 끌고 가는 사람을 보고/그걸 버리러 어딘가를 가는 길
일 거라는 사람과/그 위에 뭔가를 태우고 이동하고 싶어 그럴 거라는 사람"
등 온갖 사람들의 추측과 예상이 난무하다가, 심지어 매트리스의 내부에 대한
의혹이 제기된다. 본질적인 의문을 품는 것이다. "그 안에 가득 들어 있는 것
이 솜 같은 게 아니라/다른 무엇일지도 모른다며/어쩌면 뭔가를 닦아낸 것일
지도 모른다는 나를 포함하여//일제히 모두가 보고 있"는 가운데 정작 매트리
스를 끌고 가는 사람은 "얼굴도 보여주지 않은 채 길을 가"고 있다.

과연 매트리스의 운명은 어떻게 될 것이며 그것을 끌고 가는 이의 속내는
무엇인가. 이것은 시 쓰기에 대한 비유로 읽힌다. 시인이 제목을 굳이 '이면지
뭉치'라고 지은 것도 그런 의도가 아닐까 싶다. 시를 쓴다는 행위는 수많은 글
자들을 만들고, 버리는 과정을 필연적으로 포함한다. 수많은 이면지들이 폐
기되고, 쓰다 만 문장들이 지워진다. 시인의 삶이란 '이면지 뭉치'와 함께 산

다는 것이나 다름없다. 그러나 그럼에도 불구하고 시인은 그 뭉치를 기어이 끌고 간다. 언젠가 다시 쓰임을 받을 수도 있을 버려진 문장들, 남들이 알아보지 못하는 의미들, 잊고 싶은 실패의 흔적들을 힘겹게 끌며 계속 나아간다. 그 중에서 드물게 어떤 것이 재생되고, 의미를 부여받고, 새로운 결실을 맺을 수 있을 것이다. 우리는 "그 호젓한 사내의 등짝"을 바라보며 그 순간을 기다린다. (a)

희망에 대하여

이상국

어려서부터 나의 희망은
사람들이 좋아하는 시인이 되는 것이었고
그걸 잊은 적이 없습니다.

나는 아직도
사람들이 좋아하는 시인이 되지는 못했으나
희망과 불화한 적은 없습니다.

많은 세월이 지나
나는 나의 희망에 지치기도 했지만
희망은 남에게 줄 수도 없고
버려도 누가 가져가지도 않습니다.

시가 혼자인 것처럼
희망은 늘 저 혼자입니다.

(『시와문화』 2022년 가을호)

시가 혼자인 것처럼
희망은 늘 저 혼자입니다

　위의 작품의 화자는 "어려서부터 나의 희망은/사람들이 좋아하는 시인이
되는 것이었고/그걸 잊은 적이 없습니다"라고 고백하고 있다. 이와 같은 데서
알 수 있는 사실은 화자의 희망이 살아 있다는 것이다. 중국 현대문학의 아버
지로 일컬어지는 루쉰이 "희망이라는 것은 본래 있는 것이라고 말할 수 없지
만, 없는 것이라고 말할 수도 없다. 희망이라는 것은 땅 위에 처음부터 길은
없지만 다니는 사람이 많아지면 길이 되는 것과 같다."(「고향」)라고 했듯이, 희
망은 어디에도 없는 것이지만 품고 있으면 분명 존재하는 것이다.

　화자가 좋은 시인이 되고 싶은 희망을 포기하지 않은 것은 "나는 아직도/
사람들이 좋아하는 시인이 되지 못했"다라는 자세에서도 볼 수 있다. 이 겸손
함은 열등감이 아니다. 자신을 낮추는 자세는 결코 희망을 포기한 것이 아니
라 아직 좋은 시인이 되지 못했다는 인식이다. 곧 좋은 시인이 되어가는 태도
인 것이다. 화자에게 좋은 시인이란 포기할 수 없는 희망이다. 결코 "희망은
남에게 줄 수" 없는 것이다. (b)

월인천강지곡
— 임상보고서 · 53

이상백

죽으면 모두 별이 된다는데
엄마는 달이 되었다
낮달로 떠서
휘청거리던 내가 머리 들게 하고
어둑어둑해지는 날에는
보름달로 온다
그날은 천 개의 강에 그 빛을 나누지 않고
오로지 내 강에만 떠서
앞길을 보여준다
그래도 헤쳐나가지 못할까 봐
내 머리맡까지 따라와
홑이불이 된다

(「동행문학」 2022년 가을호(창간호))

오로지 내 강에만 떠서
앞길을 보여준다

"월인천강지곡(月印千江之曲)"은 조선 세종대왕이 소헌왕후 심 씨의 명복을 빌기 위해 지은 찬불가(讚佛歌)이다. 세종은 왕후를 위해 아들 수양대군(훗날 세조)에게 『석보상절(釋譜詳節)』을 편찬하도록 명했다. 수양대군은 여러 불교 서적을 참고해서 석가모니의 일대기(석보)를 중요한 것은 상세하게 쓰고 그렇지 않은 것은 생략하는(상절) 방식으로 엮었다. 세종은 수양대군이 편찬해 올린 『석보상절』을 읽고 찬불가를 지은 것이다.

위의 작품의 화자는 그 "월인천강지곡"을 인유해 어머니의 사랑을 노래하고 있다. 화자는 "죽으면 모두 별이 된다는데/엄마는 달이 되었다"라고 당신의 자식 사랑이 지극한 것을 알리고 있다. 그와 같은 모습은 당신이 "낮달로 떠서/휘청거리던 내가 머리 들게 하고/어둑어둑해지는 날에는/보름달로" 온다고 한 데서도 볼 수 있다. "그날은 천 개의 강에 그 빛을 나누지 않고/오로지 내 강에만 떠서/앞길을 보여준다"고 강조한다. 어머니의 자식 사랑은 하늘 나라에 가서도 줄어들지 않는다. 화자는 그것을 깨닫고 "월인천강지곡"으로 어머니의 명복을 빌고 있다. (b)

외딴집

이승희

여름은 찬란했고 비로소 폐허가 되었다
이제 어디론가 가지 않아도 된다
진화는 그런 것일 수도 있다
다리가 모두 사라질 때까지
두 팔이 어디까지 사라지는지 보려고
사라지는 것이 어디로 흘러가는지 보려고

여름이 외롭고 슬픈 얼굴로 자꾸 돌아보았지만

내 것이 아닌 것들이
자꾸 무언가 되는 걸 보고 있었다
구름 같기도 한
나를 낳은 것들 같기도 한
돌아보면 아무도 없고
쓸쓸하다는 말
그런 말은 미래가 될 수 없었다
무언가가 시작된다면
여기서부터여야 했다

화분을 들고
온종일 화분에 심어져 있거나
화단에 물고기를 풀어주고

온종일 물고기를 따라다녔다
밤이면 물속으로 걸어 들어가는 꿈을 꾸었고
새로운 것은 없지만
새롭지 않은 것도 없어서
여기와 저기가 국경을 걸어서 지나던 밤처럼
어루만질 수밖에 없게 되는 것이다

그래서 슬픔밖에 가진 게 없다는 말은 하는 게 아냐
반쯤 사라진 것들은 또 반쯤 생겨난 것들
진화는 그런 것이 아닐 수도 있지만
마음이 잠시 따뜻해지기도 하니까
그건 너무 쉬운 일이기도 하니까

(『시사사』 2022년 가을호)

여기와 저기가 국경을 걸어서 지나던 밤처럼
어루만질 수밖에 없게 되는 것이다

　찬란함과 폐허는 한 자리에서 일어나는 일이다. 여름은 저 홀로 찬란했다
가 저 홀로 폐허가 되었을 것이다. "어디론가 가지 않아도" 변화는 그 자리에
서 무성하다. 화자는 사라지는 것들이 "어디까지 사라지는지", "어디로 흘러
가는지" 보려 하고 여름은 "외롭고 슬픈 얼굴로 자꾸 돌아보"아서 화자와 여
름은 눈이 마주쳤을지도 모른다. "사라지는 것"은 "내 것이 아닌 것들"인데 그
것들은 "자꾸 무언가" 되어간다. 진화는 나와 상관없이 일어나는 일이라서 지
켜보는 것만으로도 쓸쓸하다. 화자는 역사의 바깥 어딘가, 홀로 떨어진 외딴
집에 있는 것 같다. "온종일 화분에 심어져 있거나" 화단에 풀어놓은 물고기
를 온종일 따라다니는 그의 시간은 "새로운 것"도 없고 "새롭지 않은 것"도 없
는 정지된 시간이다. 거기서 그는 국경을 넘고 '여기'와 '저기'를 지나면서 모
든 지난 시간들을 어루만진다. "돌아보면 아무도 없"는 외딴집에서 "내 것이
아닌 것들"이 사라지고 변해가는 것을 지켜보는 것은 쓸쓸한 일이다. 하지만
"쓸쓸하다는 말"은 "미래가 될 수 없"으므로 화자는 "슬픔밖에 가진 게 없다는
말"을 애써 참고 "여기서부터" 또 다른 진화의 시간을 시작해보려 한다. "반쯤
사라진 것들은 또 반쯤 생겨난 것들"이기도 하다는, 진화에 대한 믿을 수 없
는 생각이 마음을 잠시 따뜻하게 만들어줄 거라 믿으면서. (c)

무릉별유천지 사람들

이애리

두미르 팻말을 두루미로 잘못 읽었다는 걸
안내도를 보고 나서 무릉별유천지인 줄 안다
무릉별 열차가 청옥호수 근처를 지날 때
아버지 안전모의 뿌연 시멘트 가루가 떠올랐다

장독대 항아리를 수시로 닦던 어머니 손길에
켜켜이 쌓인 먹구름 가루의 정체를 지금껏 몰랐다
무릉별유천지 루지 정류장이 설치된 산기슭
석회석을 캤던 자리는 흡사 심장 수술로
파헤쳐진 아버지 가슴을 닮았다

행여나 무릉별유천지의 과거를 묻지 마라
누구든 그러그러한 과거 하나 없겠는가
쌍용양회 동해공장 무릉3지구
무릉별유천지는 석회석 폐광지였다

승객을 나르던 객차는 세월 속에 사라졌고
삼화역에서 석회석 돌가루를 가득 싣고
동해항으로 운반하던 화물열차만
드문드문 북평선 철길 위로 다닌다

새벽마다 가래 끓는 아버지의 기침 소리는
날이 갈수록 심해졌다

쌍용에서 밀가루 한 포씩 나눠주면
아껴두었다가 명절에 꿩만두를 빚었다
고단했던 퇴근길은 술 냄새로 저물었다
석회석 광산에서 돌을 캐다가 석산이 무너져
동료는 그 자리에서 유명을 달리하고 말았다
구사일생으로 아버지는 목숨을 건졌지만
허리와 팔이 부러져 척추 보조기에 몸을 지탱해
평생을 불편한 몸을 짊어지고 살았다

무릉별유천지를 섣불리 상상하지도 마라
축구장 백오십 배 면적의 석회석 광산지다
아버지도 숙부도 외삼촌도 광부였다
오십여 년 동안 석회석을 캐낸 산자락에
청옥호, 금곡호라는 두 개의 호수가 생겨나고
다시 삼화 사람들 곁으로 돌아온 무릉별유천지

석회석 원석을 부수던 쇄석장은
광부들의 고된 노동과 피땀을 말해주는 곳
청옥호수 곁 거인의 휴식 조각상만
모든 걸 아는 듯 물끄러미 바라보고 있다

「하슬라문학」 2022년 25호)

청옥호, 금곡호라는 두 개의 호수가 생겨나고
다시 삼화 사람들 곁으로 돌아온 무릉별유천지

"무릉별유천지"는 강원도 동해시 삼화동에 위치하는 관광지이다. 지명에서도 그렇고, 에메랄드빛을 띠는 "청옥호, 금옥호"의 경치에서도 그렇고, 그곳을 별천지라고 여기기가 쉽다. 그렇지만 그곳은 "축구장 백오십 배 면적의 석회석 광산"이었다. 광산 노동자들은 그곳에서 고된 노동으로 피와 땀을 흘렸고, 진폐증을 앓았다.

위의 작품의 화자는 "아버지 안전모의 뿌연 시멘트 가루"와 "장독대 항아리를 수시로 닦던 어머니 손길에/켜켜이 쌓인 먹구름 가루"를 떠올린다. "석회석 광산에서 돌을 캐다 석산이 무너져" "그 자리에서 유명을 달리"한 동료와, "구사일생으로" "목숨은 건졌지만/허리와 팔이 부러져 척추 보조기에 몸을 지탱해/평생을 불편한 몸을 짊어지고 살았"던 아버지도 잊지 못한다.

정부의 경제개발 5개년 계획을 추구하는 데는 노동자들의 헌신이 컸다. 노동자들의 장시간 노동, 저임금, 각종 산업재해 등의 대가로 국가 경제가 성장한 것이다. 사회 환경의 급변으로 말미암아 노동자들의 역사는 지워지고 있다. 이와 같은 차원에서 위의 작품은 석회석 광산 역사의 기록성을 갖는다. (b)

봄은

이영광

망하고 망하면서 봄은 간다
망하고 다 망해서
봄은 간다
얻어맞고 나뒹굴며 맨발로
쫓기어간다
부딪히며 고꾸라지며 신음하며
휩쓸려 간다
움켜쥐고 물어뜯어도
꿈쩍 않는 눈보라 속으로,
가도 가도 끝없는
빙판 위로

부모 형제 친구를 다 잃고
대오와 참호와 깃발을,
전쟁과 평화를 잃어버리고
끝없이 패주하며
이편에서 저편으로,
처자식들 아득히 버리고
숨 거두며, 간다
살해되고 섬멸되며 어딘가로
봄은 간다
각자도생도

구사일생도
기사회생도 없이

기어갔다 굴러갔다 날려갔다
숨 거두고 난 뒤의
눈 벌판으로
봄은,
봄으로 갔다
따스하고 간지러운
개구멍들로,
온 세상에 뚫린 저 세상으로
봄은 갔다
검은 신의 검은
인공호흡 속으로

봄은 죽고, 봄은 온다
먼 훗날처럼
먼 옛날처럼 온다
봄은 죽고
봄은 태어났다
죽은 봄은 살아간다
붉고 녹고 푸른 곳,

꽃 피고 지고 새 우는 곳,
어둡기만 한 빛 속으로
가도 가도 밝기만 한
어둠 속으로

(『파란』 2022년 봄호)

봄은 죽고
봄은 태어났다

긴 겨울을 벗고 봄이 시작되면 일말의 불안이 스며든다. 모든 것이 너무 푸르고, 너무 새롭고, 나른한 탓이다. 어둠과 추위, 가난하고 마른 가지들은 기억에서 지워지고 언제나 따스하고 싱그럽고 화사했던 것만 같은 착각이 춘곤증처럼 밀려온다. 온통 꽃가루 날리고 민들레 씨앗이 먼 여행을 떠나는 새로움의 계절에 옛것은 쉽게 망각된다. 눈앞에 펼쳐지는 화려한 모습들에 시선을 빼앗긴 사람들은 봄꽃들에 환호하고 지난겨울을 잊는다. 그러나 "부모 형제 친구를 다 잃고/대오와 참호와 깃발을,/전쟁과 평화를 잃어버리고/끝없이 패주하며/이편에서 저편으로,/처자식들 아득히 버리고/숨 거두며" 사라져가는 수많은 것들은 기억되어야 한다. 봄이 아름다운 것은 봄꽃들 때문이지만, 봄꽃은 결국 흩어지는 낙화가 된다. 봄은 그 무수한 상실을 아름다움 뒤에 숨긴다.

그늘이 없는, 추위가 없는 밝고 따스한 곳에서 굳이 그늘과 추위를 기억하기는 쉽지 않은 일이다. 잊어버리는 것이, 기억하고 의문을 제기하는 일보다 훨씬 쉽다. 하지만 긴 겨울을 지내고 봄이 되었다는 사실을, 봄꽃이 다 져야 여름이 온다는 사실을 잊지 말아야 한다. "봄은 죽고, 봄은 온다/먼 훗날처럼,/먼 옛날처럼 온다"는 것을 시인은 알고 있다. 죽음과 태어남은 서로 맞닿아 있다. 무언가가 새롭게 태어났을 때 죽음을 잊는다면 언젠가 다시 올 죽음을 예비하지도, 이해하지도 못할 것이다. "온 세상에 뚫린 저 세상"을 우리는 알아야 한다. 봄은 다시 겨울이 된다. 그러나 그 겨울은 또다시 봄이 될 것이다. 그래서 시인은 "봄은,/봄으로 갔다"라고 쓴다. "어둡기만 한 빛 속으로/가도 가도 밝기만 한/어둠 속으로" 우리는 걸어간다. 빛이 어디나 있듯, 어둠도 어디에나 있다. 빛 속에서 어둠을 떠올리기 어려운 것처럼 어둠 속에서 빛을 생각하기는 힘들다. 하지만 우리는 어둠 속에서 빛의 기억을 더듬어 길을 찾고, 빛 속에서도 어둠을 망각하지 않으려 안간힘을 써야 한다. "얻어맞고 나뒹굴며 맨발로/쫓기어"가는 것이라 해도, "부딪히며 고꾸라지며 신음하며" 가는 것이더라도 봄은 나른하고 따스한 평화에 안주하지 않고 패잔병처럼 추위를 향해 간다. 이 시는 빛 속에서 어둠을 잊지 말라고, "살해되고 섬멸되며", 형편없이 망하면서 가는 것이라 해도 계속 나아가는 것이 중요하다고 우리에게 말한다. 그러려면 우리에게는 어둡고 서늘한 기억이 필요하다. 문학이 늘 경계해야 할 것은, '잊는 일'이다. (a)

묵비권을 행사할 권리

내가 잠기고자 했을까

눈은 밖에 두고
코까지 잠겨 든 상황

수위가 잠시 낮아지면
숨쉬기가 조금 나아지는 상황
수위가 어떤 때 낮아지는지는
모르는 아주 조용하다 아주 섬뜩하다 이런 순간이라는 것밖에

점점 잠긴다는 말 알아?
조금씩 잠겨서 잠기는 줄도
모르는 느낌 알아?

조금씩 잠기면
푸드덕 튀어 오를 수 없어
얼굴이 날개라는 것은 쉽게 잊어버리니까

잠겨서 조심조심
눈은 너무 깜빡거려
오작동 중인 신호등처럼

배선이 끊겼어 눈앞에 색은 없고

잠긴 곳도 아직
잠기지 않은 곳도 투명했다
투명의 경계는 무서웠다

내가 가라앉는 것이 아니라
허공 전체가 찬찬히 내려오는 것이었다면
창백하지도 않게
비명도 없이 귀 가까이 허공이 온 것이라면

눈알이 뻐근하게 돌고 있는 장소를 견뎠다

큰 가위 모양 부리를 가진 조류가 생각났다

(『시와시학』 2022년 봄호)

잠긴 곳도 아직
잠기지 않은 곳도 투명했다

이 시는 "내가 잠기고자 했을까"라는 질문으로 시작된다. 화자는 이미 "눈은 밖에 두고/코까지 잠겨 든 상황"이다. 문득 정신을 차려보니 이미 깊이 잠겨 있다. 권력과 타락, 욕망과 같은 것들은 인식하지 못하는 사이에 다가와, 사람들을 그 안으로 끌어들이고 알아차렸을 때는 이미 깊이 잠식되어 있는 경우가 많다. 사람을 유혹하고, 망가뜨리며, 속박하는 것들은 매우 치밀한 전략을 통해 서서히 자신의 먹잇감들을 포획한다. 때로는 어떤 폭력이나 파탄에 자기도 모르게 물들거나, 가담하게 될 수도 있다. 모르고 있는 동안 이미 자신이 깊이 잠겨버렸음을 인식하고 나면, 과연 어떻게 해야 할까?

"수위가 어떤 때 낮아지는지는 모르는" 상황이기 때문에 잠겨 있는 사람은 그저 수위가 낮아지기를 기다릴 수밖에 없다. "조금씩 잠겨서 잠기는 줄도/모르는 느낌"을 아느냐고 화자는 묻는다. "조금씩 잠기면/푸드덕 튀어 오를 수 없"기 때문에 벗어날 수도 없게 침잠해버리고 만다. 아무것도 할 수 없는 무력한 시간은 고요하고 섬뜩하다. 그러나 화자는 무기력에 순응하지 않고 조금씩 움직여보려 한다. "잠겨서 조심조심/눈은 너무 깜빡거려/오작동 중인 신호등처럼//배선이 끊어졌어 눈 앞에 색은 없고"라고 말한다. 앞은 아득하지만, 앞을 보려고 애쓰는 화자는 계속 눈을 깜박인다. "오작동 중인 신호등처럼" 깜박이다 보면 나아갈 방향은 알 수 없다 해도, 최소한 정해진 신호에 맞춰 걸음을 조절할 필요는 없어진다. 잠긴 곳도, 잠기지 않은 곳도 투명해지며 이제 화자는 묵비권을 행사할 수 있게 된다.

"투명의 경계는 무서"운 것이지만, "내가 가라앉는 것이 아니라/허공 전체가 찬찬히 내려오는 것이었다면" 이 지독한 허공에서 벗어나 스스로 그 '투명'에 맞서려고 하는 것이다. "비명도 없이 귀 가까이 허공이 온 것"을 깨닫고 다른 목소리가 나의 목소리를 뒤덮어 나의 목소리를 빼앗기지 않을 수 있도록 항거하려는 것이다. 진짜 이야기를 하려면, 원하지 않는 말을 요구받을 때 묵비권을 행사하고, 해야 하는 말들을 누락시키고 침묵하게 만들 때 저항하는 것, 그것이 이 시가 요청하는 '묵비권'이다. 이것을 지켜내기 위해 화자는 "눈알이 뻐근하게 돌고 있는 장소를 견"디며 스스로 숨 쉴 수 있는 곳을 찾아 조금씩 힘겹게 이동한다. 자신의 진짜 목소리를 낼 수 있는 곳으로. (a)

내가 저질렀는데도 알지 못한 실수들

이장욱

오늘은 종일 방에서 지냈는데도
실수를 저질렀네.
나는 혼자였고 어디다 전화를 하지도 않았고 SNS도 안 하는데 그러
고도
실수를

인생은 이불 속에서…… 습관 속에서…… 소문 속에서…… 시위도
안 하고…… 지나가는데 매일
실수를
실수에 대해 생각을

가령 내가 당신에게 인사를 안 했다.
소주를 퍼마시고 무례한 말을 했다.
남의 남이 퍼뜨린 소문을 믿고 너만
알고 있어, 이건 확실한 얘긴데 말야……라고 말을 꺼냈다.

사실 나는 인사를 잘하는 사람이고
술은 입에도 못 대고
입에서 입으로 건너다니는 이야기는 다
아니 땐 굴뚝의 연기라고 생각하는 사람인데
그런 사람인데

제가 무슨 실수를 한 거죠?
제가 왜 경찰서에 있죠?
내 존재 자체가 실수라는 뜻이야?

내일은 출근을 못 하겠다고 전화를 했다.
해가 지다가 멈춘 하늘을 바라보았다.
나뭇잎이 떨어지다가 정지한 허공을 바라보았다.
거기서 깊은 위로를 받았다.
왜냐하면 만물이
나와 같은 실수를 하는 것 같아서

나는 전화를 걸어 당신에게 말했다.
아무래도 제가 실수를 저지른 것 같군요.
저는 하루 종일 혼자였고
침묵을 지켰고
심지어 당신이
누군지도 모르는데

(『시와반시』 2022년 겨울호)

오늘은 종일 방에서 지냈는데도
실수를 저질렀네

우리가 '실수'라고 말하는 것들은 대부분 우연히 일어난다. 우연하다는 것은 통제할 수 없다는 뜻이기도 하다. 우리는 혹시 무의식적으로 실수를 저지르지 않을까 늘 불안한 마음을 안고 살아간다. 그러나 부조리한 세상에서 '실수'는 다른 사람의 기준으로 인해 자의적으로 판단되기도 한다. 옳고 그름의 기준이 자의적인 것일수록 타인이 '실수'를 저지를 가능성은 더욱 높아진다. 어쩌면 '객관적으로 설득력 있는' 마땅한 이유라는 것도 존재하지 않는지 모른다. 이유는 계속해서 변할 수도 있고, 어떤 집단 내에서, 어떤 시간과 장소속에서 다른 기준을 갖게 될 수 있기 때문이다. 시적 화자는 심지어 "오늘은 종일 방에서 지냈는데도/실수를 저질렀네"라고 탄식하게 된다. "나는 혼자였고 어디다 전화를 하지도 않았고/SNS도 안 하는데 그러고도/실수를" 저질렀다는 것이다. 어쩌면 오해가 불러온 오명일 수도 있겠지만, 그에게는 '실수'라는 굴레가 씌워진다. 차라리 삶을 수호하고 불의에 저항하기 위해 세상 속으로 나갔다가 벽에 부딪친 것이라면 몰라도, "인생은 이불 속에서…… 습관 속에서…… 소문 속에서…… 시위도 안 하고…… 지나가는데"도 실수로 지탄을 받을 수 있다니. 그는 세상 속에 들어가 저항하지 않기 때문에 오히려 무기력해졌고, 그렇기에 더욱 취약해져서 작은 굴레에도 옴짝달싹하지 못하게 될 것임을 안다. 그는 점점 더 "실수에 대해 생각"하는 데 골몰한다. 그의 두려움은 세상의 온갖 비난들을 상상하며 더욱 커진다. 자기 자신을 스스로 믿지 못하기에 다른 사람들이 자기가 아닌 자기, 하지 않은 어떤 일을 비난하더라도 방어하지 못한다. 두려움 앞에서 더욱 잔인해지기 마련인 사람들은 이 소외되고 고립된 사람을 더욱 몰아간다. 타인에 대해 관대한 시선을 갖지 않는다면

'실수'의 범위는 더욱 넓어진다. 심지어 그는 자신의 존재 자체가 실수인지를 의심한다. 그러나 그는 문득 "해가 지다가 멈춘 하늘을 바라보"다가 "거기서 깊은 위로를 받"게 된다. "만물이/나와 같은 실수를 하는 것 같아서"이다. 어차피 자신이 무엇을 해도 실수가 될 수 있다. 만물은 우연 속에서 수많은 어긋남, 오류, 결손을 만들어내지만 오히려 그렇기에 계속 새로워질 수 있다. 완벽한 것은 더 이상 변화할 이유가 없기에 생성될 가능성도 소멸된다. 우리가 아무리 노력해도 세상의 모든 기준들을 피해 실수를 저지르지 않기란 어렵다. 그러니 실수를 저지를 수 있음을 그저 받아들이는 게 오히려 자유로워지는 길일 수도 있다. 자연이 실수를 두려워하지 않기에 고요히 계속되는 것처럼.

그래서 그는 전화를 걸어 말한다. "아무래도 제가 실수를 저지른 것 같군요./저는 하루 종일 혼자였고/침묵을 지켰고/심지어 당신이/누군지도 모르는데"라고. 그는 이제 두렵지 않다. 실수를 안고 살아갈 마음을 먹으면 오히려 실수는 다정하기까지 하다. 세상이 부조리하여 실수를 도무지 피할 길이 없다면 차라리 고립된 방에서 나와, 세상 속으로 들어가 제대로 부딪쳐보는 편이 나을 것이다. (a)

살(肉)

이재무

마당을 서성이며 듣는다.
개울에서 기어 나온 빗소리
감나무에서 튕겨 나온 빗소리
대추나무에서 떨어지는 빗소리
밤나무에서 뛰어내리는 빗소리
채전에서 흘러드는 빗소리
지붕에서 통통 튀는 빗소리
우산 위에서 굴러온 빗소리
빗소리들 서로를 밀쳐내고
껴 앉고 스미고 엉킨다.
손 뻗어 빗소리의
뭉클한 살(肉)을 만진다.
빗소리가 깊게 들어와 나를 적신다.
소리에 젖은 몸 흘러내린다.

(『서정시학』 2022년 겨울호)

빗소리가 깊게 들어와 나를 적신다
소리에 젖은 몸 흘러내린다

이 시에서 빗소리는 일상 속에 스며들어와 '나'를 적신다. 조용하고 평안하고 무감각한 일상은 흔들린다. 비에 젖은 모든 것들은 생생하게 살아나고 양감이 생긴다. 개울에서, 감나무에서, 대추나무에서, 밤나무에서, 채전에서, 지붕에서, 우산 위에서 들려오는 무수한 소리들을 시적 화자는 "마당을 서성이며" 온 귀를 기울여, 온몸을 다해, 온 마음을 열고 듣는다. 소리들은 서로 다른 방식으로 건조한 삶 속으로 비집고 들어와 틈새를 만든다. 시가 원하는 것은 바로 이것이다. 삶 속에 "굴러온 빗소리"가 젖은 옷감 속 비치는 맨살처럼 세계의 살(肉)을 느끼게 하려면 틈새가 필요하다. 이 빗줄기들은 거세고 날카롭기에 끝없이 틈새들을 만들어낸다. 시는 그 틈새로 들어가려고 한다. 흘러 들어가서 형편없이 젖게 하고, 빗방울 흘러 얼룩진 자리마다 어지러운 꿈의 무늬를 새기려는 것이다.

빗소리는 결코 단순하지 않다. 어떤 존재와의 부딪침이 있었는지에 따라 빗소리는 서로 다른 리듬과 음향과 파동을 지니게 된다. 그러나 서로 다르면서도 함께 섞이고, 화음을 이루기도 하는 소리다. "빗소리들 서로를 밀쳐내고/껴 앉고 스미고 엉킨다." 시인은 미세하게 결이 다른 소리들을 구분하고, 소리가 거쳐온 곳들을 세심하게 찾는다. 시인은 세상의 무수한 소리를 듣기 위해 숨죽여 경청하는 사람이다. 그는 소리에 닿고 싶은 욕망을 느끼며 "손 뻗어 빗소리의/뭉클한 살(肉)을 만진다." 그것들은 피가 돌고, 따뜻한 체온을 가진 살아 있는 것들이다. 죽은 언어가 아니라 살아 있는 언어만이 "깊게 들어와 나를 적신" 후 지워지지 않을 얼룩을 남길 수 있다. 내리는 빗줄기는 산만하지만, 산만한 것에는 힘이 있다. 어느 한구석에 집중되지 않고 어디에나 쏟아져 내리는 빗줄기는 기어가고, 튕겨 나오고, 떨어지고, 뛰어내리는 무정형의 에너지를 가진다. 시는 내리는 빗줄기를 닮았다. 그렇게 가볍고 신나는 걸음으로 경계를 넘고, 경계를 없애며 모두를 젖게 한다. (a)

하나의 잎이 너를 찾아낼 때까지

이제니

어느 밤 나뭇가지 하나가 너의 책상 위에 놓인다. 너는 그것을 매일
매일 바라본다. 그것은 죽은 것일까. 다만 잠들어 있는 것일까. 죽은
것만을 사랑하는 사람은 남은 생애 내내 어떤 빛에 매달려 살아가게 되
는 걸까. 빛 없는 빛에 시달리며 죽은 듯 살아가게 되는 걸까. 어릴 적
너는 아무도 몰래 커튼 뒤에 숨어 있기를 좋아했다. 이제부터 나는 이
세상에 없는 사람이다. 그렇게 생각하면 맞은편 벽지 위에서 어른거리
는 빛 그물도 너와 함께 울고 있는 것 같았다. 그러나 세상에 없는 사
람의 마음 구멍에도 때때로 빛과 공기가 드나들어서 너의 커튼은 활짝
열리곤 했다. 시절의 어느 날에는 작은 나뭇가지가 너의 손에 쥐어져
있기도 했는데. 너는 걷는다. 너는 너의 나뭇가지와 함께 걷는다.

나뭇가지는 가리킬 수 있다.
나뭇가지는 마주칠 수 있다.
나뭇가지는 넘어질 수 있다.
나뭇가지는 흔들릴 수 있다.
나뭇가지는 휘두를 수 있다.

나뭇가지는 기울일 수 있다.

나뭇가지는 바닥에 닿을 수 있다.

나뭇가지는 누군가의 손과 맞닿을 수 있다.

부러지기 쉬운 나뭇가지 하나가 그토록 큰 위안을 준다는 사실이 너는 놀랍고도 슬펐으므로. 너는 어린 날의 나뭇가지를 다시 불러들인다. 이제는 없는 나뭇가지의 잎을 쓰다듬는다. 녹색이었다가 갈색이었다가 담회색이었다가 담갈색이었다가 계절에 따라 색을 달리하는 하나의 잎을. 너는 하나의 존재가 빛을 잃어가는 순간을 오래도록 지켜보았다. 지금 눈앞에서 무언가가 떠나가고 있구나. 핏기를 잃은 입술이 회백색으로 지나가고 있구나. 그것은 생명이었을까. 다만 아프게 두고 가는 마음이었을까. 그러니까 지금 내 오랜 사람이 마른 나뭇가지로 태어나 내 작은 책상 위에 누워 있다. 장면은 늘 마지막에서부터 다시 시작된다. 왜 하필이면 사람으로 태어났을까요. 그저 들풀로 피었다 저물어도 좋았을 텐데요. 떠나간 사람들이 우주의 원자들 중의 하나로 머물며 네 곁에 함께 있다고 알려준 사람은 옛날의 커튼을 펼쳐 열던 한 잎의 사람. 내가 진정으로 원하는 것은 다른 방식으로 우는 것이라고. 언제든 언제고 지나간 시간이 다가올 시간을 예비하고 있다고.

어느 늦은 밤 어두운 나뭇가지 하나가 너의 작은 책상 위에 놓인다. 나뭇가지는 네가 잠들 때마다 너에게서 한 뼘씩 멀어져간다. 나무의 중심으로부터 떨어져 나온 그것은 어디로든 갈 수 있다. 어디로든 흘러갈 수 있다. 너는 걷는다. 너는 너의 진실과 함께 걷는다. 하나의 잎이 너를 찾아낼 때까지 너는 너를 걸어야 한다.

(『문학동네』 2022년 가을호)

너는 너의 진실과 함께 걷는다
하나의 잎이 너를 찾아낼 때까지 너는 너를 걸어야 한다

나뭇가지는 부러지기 쉽지만, 그 연약함으로 인해 자유로울 수 있다. 나뭇가지가 나무에 굳건히 붙어 있다면, 영구적으로 나무에 속박될 것이다. 그러나 나뭇가지는 약하기 때문에 쉽게 파손되고, 부서지는 순간 자유를 얻는다.

이 시는 '시 쓰기'에 대한 시인의 마음으로 읽힌다. "어느 밤 나뭇가지 하나가 너의 책상 위에 놓인다. 너는 그것을 매일매일 바라본다."는 문장에서 책상 위에 놓인 '나뭇가지'는 매일 마주하는 흰 종이 위에 시인이 구현해내야 하는 시적 대상을 상징한다. 죽은 것 같기도 하고, 잠들어 있는 것처럼 보이기도 하는 나뭇가지는 실제의 대상에서 떨어져 나온 이미지에 대한 비유다. 대상의 속성을 가진 일부이면서도 전혀 다른 독립적 존재이기도 하다. 나뭇가지는 나무에 붙어 있을 때는 나무에 속해 있는 하나의 줄기이지만 나무와 떨어져 있는 상황에서는 독립된 개별적 존재가 된다. 따라서 비유와 상징, 심상 등으로 표현된 대상은 원래의 대상과 멀어지거나, 그 대상을 벗어나기도 한다. 죽은 것처럼 보이기도 하고, 무엇이든 될 수 있는 새로운 잠재성을 가지고 있기에 '잠든 것'처럼 보이기도 한다. 나뭇가지를 세심히 관찰하는 것은, 그 가능성을 탐색하는 일이다. "너는 너의 나뭇가지와 함께 걷는다"는 문장처럼 시인은 자신의 '나뭇가지'와 함께 한 편의 시를 만드는 여정을 떠난다. 나무를 떠나는 순간부터 가지는 무엇이든 될 수 있고, 무엇이든 할 수 있다. 시인의 표현에 따르면, "나뭇가지는 가리킬 수 있다./나뭇가지는 마주칠 수 있다./나뭇가지는 넘어질 수 있다./나뭇가지는 흔들릴 수 있다./나뭇가지는 휘두를 수 있다.//나뭇가지는 기울일 수 있다.//나뭇가지는 바닥에 닿을 수 있다."는 것이다. 무엇보다도 이 나뭇가지는 "누군가의 손과 맞닿을 수 있다." 이 무수한 가

능성들은 나무에서 떨어져 나왔기에 얻게 된 것들이다. "누군가의 손과 맞닿을 수 있"는 가지는 위안을 주는 존재가 된다. 시인은 "이제는 없는 나뭇가지의 잎을 쓰다듬는다." 부러진 나뭇가지에는 더 이상 잎이 없지만, 물질성을 버린 순간 "녹색이었다가 갈색이었다가 담회색이었다가 담갈색이었다가 계절에 따라 색을 달리하는 하나의 잎"을 무한히 상상할 수 있게 된다.

시인은 자신이 대상을 바라보는 것인지, 대상이 자신을 바라보는 것인지 혼란스러워진다. 그리고 그 혼란에서 빠져나오기 위해 시를 쓴다. 모든 대상은 '보는 동시에 보여지는 것으로서 존재하는' 것이며 가시적인 객관적 진실이란 없다는 것을 이해해야만 우리는 계속해서 시를 쓸 수 있게 된다. 그래서 시인은 이런 문장들을 남긴다. "나무의 중심으로부터 떨어져 나온 그것은 어디로든 갈 수 있다. 어디로든 흘러갈 수 있다. 너는 걷는다. 너는 너의 진실과 함께 걷는다. 하나의 잎이 너를 찾아낼 때까지 너는 너를 걸어야 한다." 시는 말한다. '없는 잎'이 '너'를 찾아낼 때까지 나뭇가지와 함께 걸어라. 그것은 결국 너의 진실과 함께 걷는 일이 될 것이다. (a)

뜰의 저녁나절은 아득하고

이태선

　돌멩이가 온다 처음 보는데 처음 보는 것 같지 않다 지는 해가 밝아진다 돌멩이가 나에게로 온다 눈이 누런 털로 덮여 있다 내 방의 유리창엔 뭉개지는 저녁 해가 비친다 문밖은 온통 고요한 백지장이다 뜰의 저녁나절은 아득하고 누군가는 보이다 사라진다 돌멩이는 정직한 절망의 자세다 뼈들이 박힌 벼랑을 지났다 깨진 돌이 박힌 돌밭을 지났다 언젠가는 잠시 숨을 몰아쉬고 눈을 껌벅였는데 추락하고 있었다 수도 없이 껌벅했다 해일이 밀려오던 바닥으로 나무가 꺾어졌던 바닥으로 어서 어서 아래로 자신을 깡그리 버리는 자세다 오늘도 돌멩이가 온다 파멸을 향해 그것이 그의 진짜 욕망이다 때로는 그 욕망이 잦아든 자세로 온다 기운 하나 없이 그림자도 없이 온다 쇠문이 뭉개지도록 때를 밀어도 슬픔은 지워지지 않는다 돌멩이가 온다 비가 오기 전에도 오고 구석마다 먼지가 뭉쳐 있을 때도 눈이 움푹 꺼져 있는 날에도 끝이 안 난다 벼랑은 서슬 퍼런데 내 손가락은 휘어져 싱겁고 돌멩이는 구석에서 울고 나와 안 울은 척 시침 떼며 싱겁고

(「파란」 2022년 가을호)

돌멩이는 정직한 절망의 자세다
뼈들이 박힌 벼랑을 지났다

　내가 평생 동안 알아온 세상의 모든 슬픔을 뭉치면 하나의 작은 돌멩이가
될지도 모른다. 엄청나게 커다란 바위도 아니고 아름답게 깎인 보석도 아니
고 그냥 평범하고 무심한 돌멩이 하나. 이 시는 슬픔의 물성을, 한시도 멈추지
않고 몰려오다가 저도 슬퍼서 제풀에 지치는 그 슬픔의 생애를 '돌멩이'로 묘
사하고 있다. "처음 보는데 처음 보는 것 같지 않"은 돌멩이는 익숙한 슬픔인
데 매순간 낯설게 다가오는 슬픔의 속성을 보여준다. 슬픔은 처음엔 내 것이
다가 어느새 나에게서 독립하여 제 스스로의 생을 산다. 저 혼자 "뼈들이 박힌
벼랑"을 지나고 "깨진 돌이 박힌 돌밭"을 지나 "숨을 몰아쉬고 눈을 껌벅"이다
바닥으로 추락한다. 그것은 "정직한 절망의 자세"이고 "자신을 깡그리 버리는
자세"이다. 파멸을 향해 내달리는 슬픔의 욕망은 맹렬할 것 같지만 슬픔도 늙
고 지쳐서 "그 욕망이 잦아든 자세로" "기운 하나 없이 그림자도 없이" 온다.
하지만 늙고 지친 슬픔이라 할지라도 여전히 질겨서 결코 지워지지 않는다.
슬픔은 "끝이 안 난다". 이것이 슬픔의 가장 무서운 성질이다. 그렇게 끝나지
않는 슬픔과 같이 늙어가다 보면 슬픔에 휘어진 손가락도 싱겁고 구석에서 몰
래 울고 나온 슬픔도 싱겁다. "문밖은 온통 고요한 백지장"이고 "뜰의 저녁나
절은 아득하고" 돌멩이와 나는 다른 어디로도 가지 않고 둘이서 고즈넉하다.
이 슬픔의 풍경이 이토록 아름답고 쓸쓸한 것은 저 돌멩이가 시인을 먹이고
살리고 후려치며 오래, 아주 오래 동행해왔기 때문일 것이다. (c)

어떻게 저렇게

임곤택

내가 원한 건 복수였구나
화분을 옮기고 썩은 잎을 집어냈구나
아침을 기다렸구나
내가 원한 건 복수였구나

계산대의 긴 행렬
휠체어 탄 노인에게 순서를 양보한다
잘라놓은 과일 맨 끝 조각을 집는다
내가 원한 건 복수였구나

악몽에 시달렸구나
누구의 소유도 아닌 봄

새들은 낮게 날고
나는 백 번째 계단을 통과한다
너의 추락을 기다리며 통과한다
부끄러움을 통과한다
빠르게 더 빠르게 통과한다

어떻게 빠져나왔지
사람들 흩어진다

범퍼의 부식을 발견한다
바뀐 신호등 가장 먼저 알아챈다
내가 원한 건 복수였구나

(『파란』 2022년 봄호)

자기 삶을 멀리서 바라보는 건 좀처럼 잘 되지 않는 일이지만, 시간적으로 멀어지거나 공간적 이격이 생겨날 때 문득 다른 사람의 삶처럼 선명하게 보일 수가 있다. 이 시에서 반복되는 구절, "내가 원한 건 복수였구나"는 바로 그러한 때 터져나온 깨달음일 것이다. '어떻게 저렇게'라는 시의 제목 역시 자신의 삶을 멀리 가리켜 보이며 어떤 이유와 상태로 여기까지 왔는지 새삼스러운 놀라움을 투사하고 있다. "화분을 옮기고 썩은 잎을 집어"내는 조용하고 섬세한 행동도, "아침을 기다"리는 반복된 일상도, 계산대의 순서를 양보하고 "수박 맨 끝 조각을 집는" 배려도, "범퍼의 부식을 발견"하고 "바뀐 신호등을 가장 먼저 알아"채는 예민함도 모두 복수를 원하는 마음에서 비롯된 것이었다니! 그렇다면 도대체 무엇을 향한 복수일까? 삶은 늘 셀 수 없이 펼쳐진 수많은 계단의 "백 번째 계단을 통과"하는 중이다. 삶의 계단을 통과하는 일은 "너의 추락"을 기다리는 일을 동반하고 그것은 '부끄러움'이라는 통행세를 요구한다. 이 가혹하고 비싼 계단을 벗어날 수 없고 그래서 "빠르게 더 빠르게" 통과하다 보면 복수심이 차오른다. "누구의 소유도 아닌 봄"의 무심함으로 '악몽'을 선사하는 삶, 빨리 통과하라고 들볶으며 인내와 침착함과 점잖음을 요구하는 삶. 그러니까 내가 원했던 복수는 이 잔인하고 뻔뻔하고 독선적인 삶의 요구에 대한 앙갚음, 그 요구에 저항하지 못하고 철저히 순응해온 내 삶의 피로에 대한 뒤늦은 위안인지도 모른다. (c)

손 내밀면 가랑비

임후성

우산 밖으로 손 내밀면 아직
가랑비 뿌린다
새 그림자 같은 것이 지나갔는데
깜박 잠들었는지도 모르겠다
수많은 유리창과 골목길에서 불쑥 마주친다
이 내민 손, 물 앞에 내민 손은 얼마나 오래되었나
세수할 때나 물 마실 때도 그대로여서
바람 앞에 내민 손은 또 얼마나 오래되었나
이들에게 계속 사로잡히리라는 예감
빗줄기가 차츰 손바닥 들여다본다
환자가 많은 집, 불행이 흔한 집처럼
이 손 내미는 습관은
어쩌면 영혼을 준비하는 중일지 모른다
동일한 형태가 되어 따라가고 싶은 욕망
넓은 공간, 차가운 공기 앞에서 문득 창을 내리고
바람 부는 쪽으로 내미는 손은
그들과 합류하고 싶은 깊은 열망 아닐까
후드득 소리에 돌아보는 고개, 흘기는 눈
다가가는 수그린 어깨와 목덜미 모두
준비의 일환일지 모른다
대체로 비, 가끔 비, 흐리고 비 조금
어디서 왔는지 손 내밀면 가랑비 뿌린다

(『백조』 2022년 여름호)

대체로 비, 가끔 비, 흐리고 비 조금
어디서 왔는지 손 내밀면 가랑비 뿌린다

일상에서 손을 쓰는 일은 참 많다. 무엇을 움켜쥐든 들어올리든 손의 쓰임은 주로 손안에 무언가를 넣는 방식으로 이루어진다. 그런데 맨손을 그냥 그대로 바깥을 향해 내미는 행위는 일반적 손의 쓰임과는 다르다. 비나 물이나 바람이나 공기를 손의 바닥으로 감촉하겠다는 이 시도는 어딘지 순수하고 오롯한 데가 있다. "물 앞에 내민 손", "바람 앞에 내민 손"은 "얼마나 오래"된 행위인가. 이토록 유서 깊은 "손 내미는 습관"에는 바깥의 존재들에게 "계속 사로잡히리라는 예감", "그들과 합류하고 싶은 깊은 열망"이 깃들어 있다. 빗줄기가 내리는 쪽으로, "바람 부는 쪽으로" 내 몸의 먼 끝을 최대한 멀리 내미는 것은 그들을 맞이할 "영혼을 준비하는" 의식, 그들과 "동일한 형태가 되어 따라가고 싶은 욕망"을 투사하는 행위이다. "후드득 소리에" 고개가 돌아가고 눈이 따라가고 어깨와 목덜미가 다가가는 것은 온몸이 영혼이 되어 닮아가려는 것이다. 이 간절한 몸짓에 빗줄기도 감응하는 것일까? "빗줄기가 차츰 손바닥 들여다본다". 손 내밀어 가랑비 뿌리는 걸 확인하는 게 아니라 어쩌면 손 내미니까 그제야 가랑비가 손을 보러 오는 것인지도 모른다. "환자가 많은 집, 불행이 흔한 집"에 "대체로 비, 가끔 비, 흐리고 비 조금"인 이유는 비를 닮은 영혼을 보러 하늘이 먼저 방문하기 때문일 것이다. (c)

세계 전도를 사야겠어

장우원

양팔 벌릴 정도의 크기로
책상 위 벽에 떠억 붙여놓는 거야
세계를 품는 거지
전쟁광처럼 진격할 일은 없지만
갈라진 벽지는 가릴 수 있어
갈라진 벽도 잊을 수 있어
코비드-19 시황도 체크하며
역병과 국부(國富)의 상관관계도 살피지
필요하면 색칠도 하고 지우고
방문하고픈 나라들을 찾아봐야지
나이 더 들기 전에
시베리아 횡단 열차도 타고
오로라도 영접해봐야 하는데 말이야
일단 깃발만 꽂아두어도 좋겠구만
희망이라는 게 생기는 거 아니겠어
찢긴 벽지가 안 보이는 희망
금 간 벽이 안 보이는 희망
고작 종이 쪼가리 한 장 붙인 주제라고
비난은 말아줘
마스크 비대면의 시대에
이만큼 즐거운 놀이가 없을 테니까 말이야

(『문학과의식』 2022년 여름호)

책상 위 벽에 떠억 붙여놓는 거야
세계를 품는 거지

위의 작품의 화자는 "세계 전도를 사"서 "양팔 벌릴 정도의 크기로/책상 위 벽에 떠억 붙여놓"으려고 한다. 세계를 품으려고, 다시 말해 "방문하고픈 나라들을 찾아"보려고 하는 것이다. "나이 더 들기 전에/시베리아 횡단 열차도 타고/오로라도 영접해"보고 싶은 꿈을 당장 실행하지는 못하더라도, "일단 깃발만 꽂아두"면 "희망이라는 게 생"긴다고 생각하는 것이다.

화자가 이와 같은 상상을 하게 된 것은 "마스크 비대면 시대"의 영향 때문이다. 코로나바이러스의 확산을 막기 위해서 사람들은 서로 접촉을 막고 있다. 그에 따라 기업, 학교, 종교단체 등의 사회 활동이며 개인 생활이 많은 제한을 받아 답답함과 우울감과 불안감 등으로 위축되어 있다.

화자가 세계 전도를 마련해 방 안에 붙여놓고 여행을 상상하는 것은 지혜로운 일이다. 즐겁지 않은 처지에서 즐거움을 만들려고 하는 것이다. 김수영 시인이 지구의를 바라보면서 지구상에서 가장 살기 힘든 기후 조건인 남극에서 "명정한 정신"(「지구의」) 찾았다면, 화자는 "즐거운 놀이"를 찾고 있는 것이다. (b)

울어라 우크라이나

정온

노서아 대여섯이 이쪽을 돌아본다
흐느적흐느적 몸을 흔들며 일어선다
초점 없는 눈, 흔들리는 동공 속으로
폭탄이 떨어진다
사이키 조명처럼 현란하게 퍼지는 빛들
노서아는 더 강렬하게 흔들고 회반죽처럼 무거운 어둠을 들었다 놓
는다
터지고 깨지고 부서지는 소리들
노서아는 더더욱 강렬하게 흔들며 회반죽보다 무거운 어둠을 들었
다 던진다
환호성을 지르며 격렬한 헤드뱅잉 하는 노서아
너나없이 흔든다
여기저기 헉, 헉 헐떡이고 억, 억 소리를 지르며 흔든다 더 박력 있
게 흔들다 더 세게 부딪힌다
머리가 깨지고 눈알이 터지고 조각 난 이빨을 뱉으며 흔든다
땀과 핏물에 젖어 온통 젖어 미끄러지고
걸려 엎어지고 뒤로 자빠진다
죽은 사람은 죽은 채, 산 사람은 산 채로 헤드뱅잉을!
멜로디도 비트도 없는 섬광에
머리카락 다 빠진 해골들 머릴 흔든다
돌리고 돌리는 머리, 목에서 뽑힐 때까지

제발 그만!

(「신생」 2022년 겨울호)

머리카락 다 빠진 해골들 머릴 흔든다
돌리고 돌리는 머리, 목에서 뽑힐 때까지

소련의 해체 이후 우크라이나는 1991년부터 독립국가로 운영되었지만, 블라디미르 푸틴 대통령을 비롯한 러시아의 지도부는 인정하지 않았다. 우크라이나가 서방 국가의 꼭두각시에 불과하다고 보고 러시아의 영토로 수복되어야 한다고 인식해온 것이다. 따라서 러시아는 우크라이나가 북대서양 조약기구(NATO)에 가입하는 것을 반대했다. 그런데도 불구하고 블로디미르 젤렌스키 우크라이나 대통령은 나토에 가입하는 것과 실질적으로 러시아가 지배해온 크림 자치공화국을 재통합하는 전략을 국가 안보로 내세웠다. 이에 2022년 2월 24일 새벽 4시경 러시아는 우크라이나를 침공했다.

러시아가 쏜 미사일로 우크라이나 지역에서 많은 군인과 민간인이 사망하고 부상당하자 전 세계인은 전쟁의 참상이 어떠한 것인가를 다시금 확인했다. 그리하여 러시아의 우크라이나 침략을 규탄하고 전쟁 중단을 촉구하고 제재를 가했다. 우크라이나에 무기 지원을 비롯해 다양한 인도적인 지원도 하고 있다.

전쟁은 거대한 명분을 갖고 있지만, 모두 허위이다. "여기저기 헉, 헉 헐떡이고 억, 억 소리를 지르며 흔"들고 "머리가 깨지고 눈알이 터지고 조각 난 이빨을 뱉으며 흔"드는 광기만이 넘친다. 전쟁은 인간을 몰살시키는 잔인한 폭력일 뿐이다. 러시아의 우크라이나 침략전쟁이여 "제발 그만!" (b)

디폴트값

정끝별

얼마나 오래 혼자인가요?
얼마나 오래 말을 해본 적이 없나요?
얼마나 오래 날짜와 날씨와 요일과 요즘을 잊나요?
얼마나 오래 거울에서 얼굴을 보지 않나요?
얼마나 오래 여기 있다는 걸 아무도 모르나요?

얼마나 자주 자기를 웃어넘기나요?
얼마나 자주 누군가의 말과 눈빛에 베이나요?
얼마나 자주 이가 상할 정도로 이를 악무나요?
얼마나 자주 벌을 받고 있다고 생각하나요?
얼마나 자주 칼날에 혀를 대보나요?

얼마나의 해저를
산 채로 파고들어 저를 묻고 적을 묻다

두 눈이 불거지고 온몸이 투명해져 스스로 빛을 낼 때면

눈물에 부력이 생기고
가슴에 부레가 차올라

마침내 심해의 바닥을 치고 솟아오른다 언제나 너는

(『문학사상』 2022년 10월호)

눈물에 부력이 생기고
가슴에 부레가 차올라

이 시는 심해에 빠져 "산 채로 파고들어 저를 묻고 적을 묻"는 무거운 현실에 대해 말하고 있다. 삶의 본질은 고통이라는 것이 우리 모두의 '디폴트값'이라면, 삶을 나아지게 하려는 시도들이 좌절되어 패배하고 쓰러지는 순간마다 우리는 다시 처음으로 돌아가 이 기본값을 자동으로 사용하게 되고, 이것이 반복될수록 점점 더 무기력해진다. 체념함으로써 얻는 고요하고 무료한 일상이 평화라고 생각하면서.

이 시 속에는 많은 질문들이 던져진다. "얼마나 오래 혼자인가요?/얼마나 오래 말을 해본 적이 없나요?/얼마나 오래 날짜와 날씨와 요일과 요즘을 잊고 있나요?/얼마나 오래 거울에서 얼굴을 보지 않나요?/얼마나 오래 여기 있다는 걸 아무도 모르나요?//얼마나 자주 자기를 웃어넘기나요?/얼마나 자주 누군가의 말과 눈빛에 베이나요?/얼마나 자주 이가 상할 정도로 이를 악무나요?/얼마나 자주 벌을 받고 있다고 생각하나요?/얼마나 자주 칼날에 혀를 대보나요?" 숙고할 시간도 없고, 대답할 겨를도 없이 끝없이 빠르게 던져지는 질문들이다. 이는 끝나지 않을 재난을 겪으며 빠져나갈 수 없는 수렁에 들어가 있는 기분으로 답을 찾기를 포기해버리곤 하는 사람들의 곤경을 대변한다. 사람들은 혼자서, 침묵하고, 자기 얼굴을 보지 않고, 자기를 웃어넘기고, 벌을 받고 있다고 생각하면서 점차 무력감에 빠진다. 칼날에 혀를 대보며, 조금만 더 혀를 움직이면 칼에 베일 것이라는 두려움에 잠식당한다. 그렇게 혀에 머금고 있던 언어들을 조용히 거두어들인다. 그러고 나면 심해처럼 깊은 저 아래로, 점점 더 빠져들어간다. 헤엄치기를 멈추는 순간, 가라앉기 시작하고, 그 이후로는 그저 끝없는 침잠만이 기다린다.

'디폴트값'을 벗어날 수 있는 방법은 오직 하나뿐인데. 새로운 사용자 설정값을 지정하는 것이다. 이 시에서는 "눈물에 부력이 생기고/가슴에 부레가 차올라" 다시 떠오르는 별도의 설정을 만들어낸다. 그러면 "마침내 심해의 바닥을 치고 솟아오르"는 풍경을 상상할 수 있다. 실제로 떠오를 수도 있게 될 것이다. 그러니 비록 지치고 막막해지더라도 나아가기를 포기해서는 안 된다고, 이 시는 우리에게 나직하게 당부한다. (a)

미리내 빌라

정우신

무너져야 완성되는 하루가 있습니다

도시에는 죽은 친구도
살아가는 친구도 있고요

사과나무가
인부를 애먹이고 있네요

나의 청춘은 여기서 끝입니다

정육점으로 모인
개와 고양이
동네 사람들

신이 부싯돌을 켜는지
저만치 은하수 흐릅니다

절망의 지붕을 얼마나 더 높여야 할까요

가정에는 죽은 가족도
죽지 않은 가족도 있고요

은하수 지나던 방향으로

사과꽃 한없이
휘날립니다

햇살은 십자가로 빛나고

흙과 자갈의 얼굴로
기어오는
봄이 있습니다

(『청색종이』 2022년 봄호)

무언가가 무너지고 있을 때, 파멸의 세상을 인식하는 것도 두려운 일이지만 그조차 느끼지 못하고 폐허 곁을 무심하게 걸어간다면 더욱 끔찍할 것이다. 많은 이들이 살았고 그만큼의 긴 역사가 새겨져 있던 '미리내 빌라'가 무너지는 광경을 사람들은 흔한 공사 현장이라고 무심히 보아 넘길 것이지만, 시인은 이 장면의 비극성을 외면하지 않는다. 그는 "절망의 지붕을 얼마나 더 높여야 할까"라고 묻는다. 죽은 가족과 죽은 친구로 인해 생긴 깊은 상실감은, 죽지 않은 가족과 죽지 않은 친구도 있다는 사실로 위로되지 않는다. 누군가의 터전이 허망하게 부서져버린 현장을 아무도 애도하지 않기 때문에, 햇살은 "십자가로 빛나"며 묵묵히 추념한다. '은하수'를 뜻하는 '미리내'라는 빌라의 이름은 비애감을 더욱 높인다. 누군가에게 하나의 우주, 하나의 성좌와 같았던 존재라도, 허무하게 사라질 수 있다.

모든 이들의 청춘은 언젠가는 다 끝나버린다. 희망은 원래 그리 충분한 것이 아니겠지만, 청춘이 지나가면 더욱 희박해진다. "나의 청춘은 여기서 끝입니다"라고 중얼거리는 시적 화자의 시선은 "사과나무가/인부를 애먹이고 있"는 장면에 하염없이 머문다. 미리내 빌라가 폐허가 되면서, 사과나무도 덩달아 베어졌을 것이다. 오랫동안 굴곡을 품어 굵어진 나무의 몸통을 쉽게 베어낼 수 없어 인부들은 애를 먹는다. 그러나 쓰러진 사과나무는 여전히 '미리내' 빌라의 흔적을 품고 있고, 그 흔적을 따라 사과꽃이 한없이 휘날린다.

어떤 파국에 도달했을 때, 그것을 제대로 인식해야 폐허로부터 다시 시작할 수 있게 된다. 세상이 병들었음을 모르면서 어떻게 병증을 치료할 수 있을까? 폐허로부터 다시 시작할 때 비로소 우리는 "흙과 자갈의 얼굴로 기어오는 봄"을 만날 수 있다. 처절한 죽음이 지나간 곳에도 봄은 찾아든다. 봄은 늘 언 땅 속에 씨앗을 숨기기 마련이다. 봄이 오면 여린 풀들도 얼어 있는 땅의 작은 숨구멍을 찾아 가느다란 뿌리를 내린다. 그러니 폐허의 내부에 무엇이 남아 있는지가 중요하며, 시인은 그것을 찾으려 차갑게 얼어 있는 땅 위로 기꺼이 무릎을 꿇는다. (a)

망초꽃만 환해요

정우영

아침에 집을 나간 사람이
밤이 되어도 돌아오지 않아요.
대문은 삐걱거리며 고갤 내밀어 골목길 더듬고
창문들은 한사코 어긋나게 틈을 벌려놓지요.
불이란 불은 다 꺼져 어둠에 뭉개졌지만
다들 집 앞 가로등 피어날 때를 숨죽여 기다립니다.
밤이 깊어도 귀가하지 않는 사람을
애타게 부르던 이는 또 어디로 갔을까요.
형체도 없는 그림자들 슬금슬금 모여드는지
정신 나간 가로등이 흐릿하게나마 깜박거립니다.
욕실의 눈과 귀는 온통 가로등에게 쏠리고
부엌이 부스럭거리며 깨어나 헛밥을 앉히네요.
바람의 기척조차 메말라 기울어지는 빈집.
망초꽃들만 돌아와 눈 시리게 번져갑니다.

(『문학들』 2022년 봄호)

바람의 기척조차 메말라 기울어지는 빈집
망초꽃들만 돌아와 눈 시리게 번져갑니다

　　이 시에 가득한 정서는 상실감이다. "아침에 집을 나간 사람이/밤이 되어
도 돌아오지 않"고, 빈집으로 남은 어떤 공간을 떠올려보자. 그곳에는 추억이
있고 삶의 흔적이 남아 있지만 이제 아무도 살지 않게 되었다. "불이란 불은
다 꺼져 어둠에 뭉개졌지만" 그럼에도 불구하고 그 집들은 마치 누군가를 기
다리는 듯 암흑 속에서 "대문은 삐걱거리며 고갤 내밀어 골목길 더듬고/창문
들은 한사코 어긋나게 틈을 벌려 놓"는다. 시인은 그 틈새를 놓치지 않는다.
"밤이 깊어도 귀가하지 않는 사람을/애타게 부르던 이"조차 사라진 곳에 이제
는 아무도 눈길을 주지 않는데 시인은 그곳을 바라보며 한때 이곳에 삶과 온
기를 불어넣었던 누군가를 생각한다. 희미하게 보이는 틈새 안의 빈집을 그는
바라보고, 시로 옮긴다.
　　주인을 기다리는 빈집처럼, 지금 우리의 세상에는 잊혀져가는 곳들이 많다.
사실 하나의 장소가 사라질 때마다 하나의 세계가 사라진다고도 할 수 있다. 지
워지는 것을 군이 복원하고, 남겨서 영영 사라지지 않도록 하는 것이 문학이 하
는 일 중 하나라면 그것은 어둠 속에 가려져 허물어져가는 어떤 순간을 "정신
나간 가로등이 흐릿하게나마 깜박거"리는 빛이나, 흰 망초꽃의 밝음으로 간신
히 비추는 일이 될 것이다. 마을 어귀에서, 산자락과 둑길에서 어디에나 흩어
져 피어 있는 망초꽃은 작지만 꿋꿋한 꽃이다. 마치 풀잎처럼 여리지만 깊게 뿌
리를 내려 비바람에도 잘 꺾이지 않고 계절이 지나면 돌아와 다시 핀다. 상실되
었으나 완전히 지워지지 않은 어떤 것의 흔적을 기어이 지키고 있는 사람의 모
습으로, 망초꽃은 "바람의 기척조차 메말라 기울어지는 빈집" 앞을 눈 시리게
비추고 있다. 우리가 끝까지 품어야 할 희망의 모습은 이런 것이라는 듯. (a)

잔디는 자유로워

정재율

잔디는 자유로워 보여
벌레 때문에 쉽게 누울 수 없지만

사람들이 저마다 자리를 잡고 돗자리를 편다

공원에 앉아
노랫소리를 듣는다

아이들이 장난감 총을 가지고 논다
빵야 빵야
한 아이가 총 쏘는 시늉을 하자 한 아이가 잔디밭을 구르고 둘은 어느새 왼발 오른발을 맞춰 걷는다

저 건물에선 총알 자국이 발견되었다는데
총을 쏜 사람은 없다고 한다

이곳에도 잔디를 심는 사람과 잔디를 밟는 사람 잔디 깎는 기계가 고장 나 억울한 사람 잔디에서 놀고 싶은 사람 잔디에서 자유롭지 못한 사람 그래서 울고 싶은 사람 잔디에서 숨고 잔디에서 뒹굴다 죽은 사람만 있다

이렇게 계속 평화롭게 앉아 있어도 되는 걸까

작은 벌레들이 주위를 빙빙 도는 것처럼

회전 교차로엔 차들이 많다

그중 한 차량은 언제든 길을 빠져나와 우리를 덮칠 수 있다는 생각
이

사고는 순식간에 일어나고
공원 한쪽에서는 깨진 거울을 주워 담는다

그새 풀들이 자라 있다

초록은 자유로워 보여
이곳에서 전쟁이 일어났다는 건 비밀이지만

모두 가져온 음식을 꺼내
그것을 목구멍 속으로 깊게 넣어본다

자유를 가진 사람들이 팔다리를 길게 늘어뜨리며 쉬고 있다

(『현대문학』 2022년 6월호)

잔디는 자유로워 보여
벌레 때문에 쉽게 누울 수 없지만

자유로워 보인다는 것은 자유의 이미지이다. '잔디', '초록', '공원' 등이 대표적으로 자유의 이미지를 지닌 것들이다. 사람들은 "저마다 자리를 잡고 돗자리를" 펴고 "공원에 앉아/노랫소리를" 들으며 평화로운 한때를 보내고 있다. 전형적인 자유의 이미지다. 그러나 실제로 잔디는 "벌레 때문에 쉽게 누울 수 없"고 공원은 "이곳에서 전쟁이 일어났다는" 비밀을 지니고 있다. "장난감 총을 가지고" 노는 아이들의 모습은 "총알 자국이 발견되었다는" 건물의 역사를 떠오르게 하고, 공원 옆의 회전 교차로는 언제든 일어날 수 있는 끔찍한 사고의 가능성을 생각하게 한다. 과거의 역사에도 가까운 미래에도 죽음이 깃들어 있다면 "이렇게 계속 평화롭게 앉아 있어도 되는 걸까". 생각해보면 잔디는 "잔디를 심는 사람"과 "잔디 깎는 기계가 고장 나 억울한 사람"이 있어 유지되는 것이고 "잔디를 밟는 사람", "잔디에서 놀고 싶은 사람"이 있다면 "잔디에서 자유롭지 못한 사람", "잔디에서 뒹굴다 죽은 사람"도 있는 것이다. 그렇다면 초록색 잔디의 평화는 얼마나 불평등하고 위태롭고 불가능한 것인가. 우리의 자유는 얼마나 많은 위기와 불안과 죽음이 겹쳐진 순간에 가까스로 매달려 있는 것인가. "팔다리를 길게 늘어뜨리며 쉬고 있"는 "자유를 가진 사람들"의 모습은 언제 깨질지 모르는 자유의 취약함, 죽음과 겹쳐 있는 자유의 무심함을 보여준다. (c)

산책길

조숙향

내 앞의 오르막길을 어제의 통점이라고 쓴다

비탈이 무성한 그늘을 만들던 날,
뱀이 따리를 틀고 앉아 산개구리를 잡아먹으려던 길

무수한 발길에 떨어진 낙엽마저 굳은살이 배긴 길
벼랑에 기댄 상처투성이 나무기둥 잡고
미끄러지는 마음을 의지했던 길

사는 게 춥다고,
추운데 기댈 데가 너라고 소리치고 싶었던 길
간절함이 나무기둥을 타고 올라 하늘에 흩뿌려진 길
이 길이 내가 기댄 언덕이었음을 이제 알겠다

언덕에 뿌리박은 나무의 상처가 불끈 솟아오른다
바람이 쓸고 간 언덕길, 겨울 햇살이 푸르다

(『울산작가』 2022년 33호)

언덕에 뿌리박은 나무의 상처가 불끈 솟아오른다
바람이 쓸고 간 언덕길, 겨울 햇살이 푸르다

위의 작품의 화자에게 "산책길"은 느긋한 기분으로 한가로이 거니는 장소가 아니라 "무수한 발길에 떨어진 낙엽마저 굳은살이 배긴" 것처럼 수많은 다짐을 한 곳이다. 또한 "벼랑에 기댄 상처투성이 나무기둥 잡고/미끄러지는 마음을 의지했던 길"이고, "사는 게 춥다고,/추운데 기댈 데가 너라고 소리치고 싶었던 길"이기도 하다.

화자가 "산책길"을 자신이 "기댄 언덕이었"다고 표명한 것은 그만큼 그가 길을 걸었음을 알 수 있다. 화자는 아픔이며 상처를 안고서도 주저앉지 않고 나아갔다. 가는 길이 비탈지고 벼랑이 있어도 포기하지 않았다. 날씨가 춥고 바람이 불고 앞이 보이지 않아도 멈추지 않았다. 그 결과 "언덕에 뿌리박은 나무의 상처가 불끈 솟아오른" 것을 발견했다. 화자의 절박한 심정과 부단한 실천이 하늘까지 올라가 겨울 햇살을 푸르게 만든 것이다. (b)

생각하는 문진

조온윤

찬 바람이 책장을 넘기네
열린 창으로 네가 바깥을 보고 있었어
나보다 몇 배는 키가 커서 난간에 팔을 걸친 채로
무의미하게 영혼을 한 모금씩 소모하듯
날숨을 허공으로 흘려보내고 있었어

네가 무얼 보는지 궁금해서 너의 다리 사이로
창살 사이로 머리를 집어넣었어
맞은편 아파트 동의 불 꺼진 복도들만 보였지
읽을 수 없게끔 검정으로 죽죽 그어버린 줄글처럼
실은 네 눈이 아무것도 담고 있지 않다는 걸 알았어

그때 너는 네 몸에 비해 지나치게 가벼워 보였어
너덜거리는 너의 영혼이 허공으로 날아갈까 봐
나는 목놓아 울었어
이봐, 나를 보라고
치렁치렁한 외투와 모자를 벗어 조그만 못에 걸어놓듯
필요하다면 이 작은 내게로 시선을 걸쳐두라고

슬픔의 냄새가 밴 품이 썩 편안하지만은 않지만
아무렴 어때?
네가 몸을 돌려 이윽고 나를 내려다보았을 때
겨드랑이에 손을 넣어 눈높이까지 나를 들어 올렸을 때

내가 너의 누름돌이라는 걸 알았어

너는 홀연 날아가지 않기 위해 나를 데려왔구나
매일 밥을 먹으며 튼튼하고 무거운 몸을 가지자

그리고 언젠가 눈높이만큼 자란 내가 창가에 다가가
네 어깨를 지그시 누른다면
나눠줄 수 있겠니?
네가 읽는 책에 어떤 절망이 쓰여 있는지
네가 있는 세상에 어떤 절망이 휘날리고 있는지

우리는 우리가 끝나지 않는 장면을 펼쳐두자
귀퉁이에 가만히 손가락을 얹고
같은 쪽을 오래도록 바라보자

(『창비』 2022년 가을호)

무의미하게 영혼을 한 모금씩 소모하듯
날숨을 허공으로 흘려보내고 있었어

　이 시의 화자는 '너'보다 키가 몇 배는 작고 "너의 다리 사이로" 머리를 집
어넣을 수 있고 네가 "겨드랑이에 손을 넣어 눈높이까지" 들어올릴 수 있을
만큼 가벼운 존재이다. 쉽게 짐작할 수 있듯이 화자는 '너'의 반려동물이다.
아니 반려동물의 실재감으로 형상화된 '문진', 위태로운 '너'를 염려하고 사랑
하고 붙들어놓고 싶은 마음 자체가 화자인지도 모른다. 네가 내쉬는 날숨을
걱정하고 "네가 무얼 보는지" 궁금해하고 "너덜거리는 너의 영혼이 허공으로
날아갈까 봐" 목놓아 우는 것은 모든 사랑하는 이의 애타는 마음이다. "나를
보라고", "이 작은 내게로 시선을 걸쳐두라고" 애원하는 마음은 작고 보잘것
없는 내가 엄청난 일을 해낼 수 있다는 믿음에 근거한 것이다. 실제로 나를 들
어올린 건 너이지만 그때야 비로소 "내가 너의 누름돌이라는 걸" 알게 된다.
여기에 돌봄의 역설이 있다. 나를 먹이고 키우고 돌보는 건 너이지만 "매일 밥
을 먹으며 튼튼하고 무거운 몸을" 가져서 너를 날아가지 않게 돌보는 것은 내
가 된다. 내가 잘 자라서 "네 어깨를 지그시 누른다면" "우리가 끝나지 않는
장면을 펼쳐두"고 "같은 쪽을 오래도록 바라보"며 "네가 읽는 책에" 쓰인 절망
을, "네가 있는 세상에" 휘날리는 절망을 같이 읽을 수 있을 것이다. 우리에게
는 나를 돌봐줄 문진, '생각하는 문진', 그 반려사물(반려동물)의 온기가 절실
하다. (c)

밤이 검은 건

주민현

밤에는 차선이 비스듬하게 뒤섞이고
서로의 실루엣을 가볍게 통과하고
밤이 검은 건 우리가 서로를 마주 봐야 하는 이유야

어둠 속에서 이야기는 생겨나고
종이 한 장의 무게란
거의 눈송이 하나만큼의 무게이겠으나

무수한 이야기를 싣고 달리는 선로만큼 납작하고
가슴을 가볍게 누르는 중력만큼이나 힘센 것

한 장의 종이는 이혼을 선언하는 종지부이거나
사망신고서
찢어버린 편지이기도 하지

내가 한 장의 종이를 들고
전봇대 위로 올라가 홀로 전기를 만지던 당신의 손을 붙잡는다면

당신의 입술과 함께 백만 볼트의 전기가 흘러 덜덜덜 떨리면
세상이 몹시 외롭고 이상한 별처럼 보이겠지

아주 깜깜한 밤은 검은색으로만 이루어진

외딴 우주 같아

하지만 밤을 뒤집어보면
무수히 많은 빛들의 땅으로 이루어져 있고

밤과 새벽 사이 무수한 빛의 스펙트럼을 밟고
오늘도 일하기 위해 걸어가는 사람들이 있어

세상의 모든 이야기가 무겁다지만
이야기를 품은 인간의 무게만 할까,

어떤 종이에는 불법 점거의 위법 사항이나
파산에 대한 위협적인 말들이 적혀 있고

법률 서적 교정지를 성실히 교정 보는 오후에

위법과 과실에 대해, 어떤 치사량에 대해
세상은 명료히 말할 수 있는 것을 사랑하지

그러나 낮과 밤 그 사이 시간에는 이름이 없고
떠난 사람의 발자취에는 무게가 없고

외주의 외주의 외주가 필요했던

치사량의 노동에 대해

말할 수 있는 것과 말할 수 없는 것 사이에서.

홀로 이야기의 성을 맴돌며
잠들 수 없는 한 사람의 고독한 뒷모습을 떠올리며

말할 수 없는 것을 듣기 위해
오늘 밤에도 어떤 말들을 중얼거리고 있어.

(『현대시』 2022년 3월호)

세상의 모든 이야기가 무겁다지만
이야기를 품은 인간의 무게만 할까

시인은 어둠을 동경한다. 어둠 속에 묻혀 있는 수많은 가려진 것들이 그의 호기심을 불러일으킨다. 그것들은 어둠에 있기 때문에 오히려 더 시선을 끈다. 시인은 오래, 끈질기게 눈길을 주며 어둠이 눈에 익어 밤눈이 밝아질 때까지 참을성 있게 기다린다. 밤에는 "차선이 비스듬하게 뒤섞이"듯 사회의 규범도, 일상의 팽팽한 끈도 느슨해지고 사람들이 낮에 보여주려 애쓰는 사회적 모습도 흐트러진다. 어둠 속에서는 가까이 서야 서로를 볼 수 있으므로, "밤이 검은 건 우리가 서로를 마주 봐야 하는 이유"가 되기도 한다. 어둠 속에서 발견한 이야기는 종이에 남아 한 편의 글이 된다. 비록 종이 한 장은 가볍지만 "무수한 이야기를 싣고 달리는 선로만큼 납작하고/가슴을 가볍게 누르는 중력만큼이나 힘센 것"이 될 수 있다.

글은 아무것도 아닐 수도, 엄청난 것일 수도 있다. 글이란 본래 무용하면서 유용해야 하기에, 둘 중 어느 한쪽만 남겨서는 안 된다. 무용하기만 해도, 유용하기만 해도 쓸모없는 글이 된다. "한 장의 종이는 이혼을 선언하는 종지부이거나/사망신고서/찢어버린 편지이기도 하"다. 꼭 문학일 필요도 없지만, 문학이어도 괜찮지 않겠는가?

"내가 한 장의 종이를 들고/전봇대 위로 올라가 홀로 전기를 만지던 당신의 손을 붙잡는다면//당신의 입술과 함께 백만 볼트의 전기가 흘러 덜덜덜 떨리면/세상이 몹시 외롭고 이상한 별처럼 보이겠지"라고 생각하는 시인의 머릿속은 온갖 상상이 마구 널뛰는 "외롭고 이상한" 행성과 같다. 그러나 "외딴 우주"에서 그는 어디로든 유영할 수 있는 자유로운 존재다. 그는 조용하고 시시하고 심심한 세상보다는 "백만 볼트의 전기"가 흐르는 세상을 꿈꾼다. 그리고 "전봇대 위로 올라가 홀로 전기를 만지"는 '당신'에게로 "한 장의 종이를 들고" 가서 함께하려 한다. 그저 한 장의 종이일 뿐이다. 너무 깜깜해서 뭐라고 쓰여 있는지 읽기 어려운 검은 종이다. 그러나 "밤을 뒤집어보면/무수히 많은 빛들의 땅으로 이루어져 있"는 것처럼 그 종이의 뒷면에는 수많은 이야기들이 하나의 성좌를 이루고 있다. 어둠에 눈이 익으면 뒷면의 빛나는 글씨를 알아볼 수도 있을 것이다. 그 이야기들은 결코 가볍지 않다. 진심을 다해 글을 쓰는 사람은 "이야기를 품은 인간의 무게"를 알고 있다. 안내문이나 통보문, 법률 서적처럼 "세상은 명료히 말할 수 있는 것을 사랑"하지만, 시인은 "낮과 밤 그 사이 시간에는 이름이 없고/떠난 사람의 발자취에는 무게가 없"다는 것을 알고 있기에, 구분할 수 없고 불분명한 것들, 드러나지 않고 숨겨진 것들까지 모두 사랑한다. 그는 고통 받고, 외롭고, "치사량의 노동"에 시달리는 사람들과 같이 사회의 그늘에 가려져 가시화되지 않는 모든 소외된 존재에 깊은 관심을 가진다. 시적 화자는 "말할 수 없는 것"들을 듣고 그 숨겨진 소리를 붙들어 시로 빚어내려는 욕망으로 "오늘 밤에도 어떤 말들을 중얼거리고 있"다. 그런 욕망은 순간적으로 초점이 맞은 렌즈처럼, 어둠 속에서도 세상을 정확하게 포착하는 결정적 때를 맞곤 한다. "홀로 이야기의 성을 맴돌며" 시적 화자는 그 순간을 기다린다. (a)

충족이유율 유감

진은영

이유 없이 내 심장—바다 한가운데 혼자 떠도는 빨간 튜브
이유 없이 너를 기다렸다 철교 위에서, 약국 앞에서, 대전차 밑에서
이유 없이 많은 이를 남몰래 미워했다
      바람이 내게 종이 나뭇잎을 날려 보낸다
이유 없는 열두 개의 길을 담은 여행 가방처럼, 진창 위에 신발

이유 없이 풍선처럼 날아가고 싶다 한 줄의 문장에 매달려
이유 없이 부자들은 돈을 벌고 기계들은 팔다리를 휘감으며 돌아가고
이유 없이 갓 구운 파이처럼 콘크리트 천장들이 부서지고
이유 없이 빨갛게 젖는 어린이날 솜사탕
이유 없는 슬픔이 시냇물처럼 졸졸 그들의 생을 따라갔다
      아이와 노인, 여자와 남자, 모든 색의 개와 고양이를

이유 없이 무(無)의 금 밖으로 나서지 않으려는 색칠 공부
이유 없이 맵시 있게 사라지고 싶어서
이유 없이 충분한 이유의 입속에서 다시 나는 태어났다
이유 없이 모든 곳에 너무 늦게 도착하는 이유들이
      모두 잠든 한밤의 정원에서 빛난다 야광장미가시처럼
      이유 없이—

(『문학과사회』 2022년 봄호)

이유 없이 많은 이를 남몰래 미워했다
바람이 내게 종이 나뭇잎을 날려 보낸다

모든 사물이나 존재에는 그에 상응하는 충분한 이유가 있어야 한다는 원리가 '충족이유율'이다. 과연 정말 그러한가. 어쩌면 우리의 삶은 '충족이유율'에 대한 유감의 연속인지도 모른다. 우리의 인식과 행위는 대개 "이유 없이" 이루어지는 것처럼 보인다. 그러나 "이유 없이"라는 구절을 앞에 붙여두고 우리의 생각과 감정과 행위를 서술하다 보면 "이유 없이"라는 부사구와 충돌하는 어떤 기미가 느껴진다. 나는 "이유 없이 너를 기다렸"을까? "부자들은" 이유 없이 "돈을 벌고" "기계들은" 이유 없이 "팔다리를 휘감으며 돌아"갈까? "콘크리트 천장들"은 이유 없이 "부서지고" "어린이날 솜사탕"은 이유 없이 "빨갛게 젖"을까? "이유 없는 슬픔"에는 이유가 있다. "이유 없이"라는 대전제하에 성립하는 이유, 그러니까 본래부터 주어진 진리 같은 불변하는 이유가 아니라 존재들의 관계와 맥락 속에서 생성되는 변화무쌍한 이유가 있다. 우리에게는 사랑이 있고 욕망이 있어서 슬픔이 있다. "이유 없이 무(無)의 금 밖으로 나서지 않으려는" 이유가 있어 이곳의 "색칠 공부"에 매진하다가도 "이유 없이 맵시 있게 사라지고 싶"은 이유가 있어 이곳에서 사라짐을 시도한다. "이유 없이 충분한 이유"를 찾아 설명하는 힘으로 우리는 다시 태어난다. 그렇다면 "이유 없이 모든 곳에 너무 늦게 도착하는 이유들"은 늘 삶보다 늦는 깨달음, 사후적으로 깨우치는 생에 대한 사랑의 증거인 것이다. 우리의 사랑이 "모두 잠든 한밤의 정원에서" "이유 없이" 빛나는 이유도 여기에 있다. (c)

수상한 시절

천양희

첫봄인데
꽃들이 모두 순서 없이 피었다
황홀을 터뜨리던 저들의 몰락 같다

바람이 없는데도
지진 맞은 듯 흔들린다
꽃을 보던 마음이
다른 길을 옮긴다

길 건너 공원에는 안개가
최루탄 연기처럼 자욱하다
더듬거리며 연인들이
오리무중이야 앞이 보이지 않아
안개 속으로 스며든다
설레야 할 심장이 마스크를 썼다
감동 없는 날을 베고 싶은 시간이다

신이 코로나를 이용해
천국 한가운데 지옥을 숨겨놓았다
오늘은 가까스로
입속에 말이 적어져야겠다

"눈밭에서 길을 잃을 때

뒤를 돌아보아야 하는 거야” 여자가 말한다
“어둠보다 더 두려운 건 권태인 거야” 남자가 말한다

두 사람의 쓴소리가 가까워진다
쐐기풀에 베인 듯 살갗이 따갑다

쓴소리하는 그들을 보다가
나도 한때 쓴소리꾼이었지, 중얼거린다
중얼거리다 세상 다 보낸 건 아닐까

우두커니 서서
환한 거리를 내려다본다
달려가고 달려오는 불빛들
저것이 일상일까

우리에게도 일상이 있었나

수상한 시절이 계속된다

(『창작과비평』 2022년 봄호)

우리에게도 일상이 있었나
수상한 시절이 계속된다

이 시에서 시인은 순서 없이 핀 꽃들을 보면서 "황홀을 터뜨리던 저들의 몰락 같다"고 쓴다. 기후변화로 인해 개화 순서의 안정성이 깨진 것처럼 지금의 문명은 자연의 순리를 파괴하고 있다. 시인은 우리가 겪은 코로나19 사태를 가리켜 성장지상주의와 배금주의가 초래한 인재(人災)라고 한다. 우리가 기대어 살아왔던 많은 것들이 위협을 받고 질서가 흔들린 재난 시대다. 이는 "황홀을 터뜨리던" 물신주의가 몰락하고 있다는 징조일 수 있다. "바람이 없는데도 지진 맞은 듯 흔들"리는 것은 실제의 꽃이 아니라 보는 이의 마음일 것이다. 우리는 팬데믹 내내 '일상회복'을 말했지만 과연 우리에게 다시 돌아갈 '일상'이 있는 것일까? 돌아가야 할 곳이 없다면 어디로 가야 하는가? "최루탄 연기처럼 자욱"한 안개가 눈앞에 펼쳐져 있고 한창 사랑에 빠져 이상적인 미래를 그려야 하는 연인들이 "오리무중이야 앞이 보이지 않아"라고 더듬거린다. "설레야 할 심장이 마스크를 썼"고, 그들은 더 이상 설렘도 감동도 없는 죽어가는 미래로 정처 없이 걸어가야 한다. "안개 속으로 스며든" 채, 길들은 자취를 감추고 있다. 우리는 뒤로 돌아갈 수도, 앞으로 나아갈 수도 없이 안개 속에 갇혀 있다. 그런 막막한 시절이다.

"우리에게도 일상이 있었나?"라고 시인은 묻는다. "우두커니 서서/환한 거리를 내려다본다/달려가고 달려오는 불빛들/저것이 일상일까"라고. "달려가고 달려오는 불빛들"은 어딘가를 향해서 가기보다는 늘 가는 길을 맴돌고 있다. 어딘가에 갇힌 채 반복되는 이 움직임들은 변화나 변동을 일으키지 않으므로 어떤 에너지도 생성하지 않는다. 감동 없는 날들의 연속이다.

"눈밭에서 길을 잃을 때 뒤를 돌아보아야 하는 거야", "어둠보다 더 두려운 건 권태인 거야"라고 지나가는 사람들이 말한다. 화자는 그 쓴소리를 듣고, 그들의 목소리가 가까워질수록 "쐐기풀에 베인 듯 살갗이 따갑다"고 느낀다. 어둠 속을 오래 헤매다 보면 길을 잃은 두려움도 점점 엷어지고 똑같이 막막한 어둠 속에서 느끼는 건 오직 깊은 권태다. 하지만 "감동 없는 날을 베고 싶은 시간이"라 해도, 과연 이 모진 권태를 어떻게 끝낼 것인가?

새것인 줄 알았던 것이 낡은 것이었고, 새것이라고 외쳤던 것이 낡아버렸다. 한때 쓴소리꾼이었던 화자는 지금의 쓴소리꾼들을 쓸쓸하게 바라본다. "쓴소리하는 그들"의 목소리가 날카롭게 베인 통증을 가져오는 것도 결국 그 쓴소리가 무뎌지고, 더 큰 외침이 되지 못한 채 중얼거림에 그칠 것을 알기 때문이다. "중얼거리다 세상 다 보낸 건 아닐까"라고 화자는 탄식한다. 불야성을 이룬 도시의 풍경 속에서 화자는 혼란을 느낀다. "저것이 일상일까"라고 묻는다. 그렇게 "수상한 시절은 계속된다." (a)

대서

해 지고 흰나비가 스치면 초상을 치른다 일러준 사람이
흰나비로
날아가고

수국도 없이 초여름을 지났을 거다

개수대에 흐르는 물소리를 듣고 서 있자니
해는 채 지지 않아 허공도 먹빛을 견디는 듯하다

낙과가 거뭇해지고
더위에 지친 가축이 초원에 쓰러지듯이

미래니
사랑이니 하는 말들은
느지막한 발자국이나 눈가를 비비는 표정에
가깝고

영정을 들고서 걸었던 바람도 숨죽여
돌아보게 된다

이부자리 위 흰머리를 헤아리다 보면 먼 잠을 떠도는 흰나비들

손을 건네면 아직 닿을 것 같다

(『자음과모음』 2022년 봄호)

* 최백규, 『네가 울어서 꽃은 진다』, 창비, 2022 수록.

개수대에 흐르는 물소리를 듣고 서 있자니
해는 채 지지 않아 허공도 먹빛을 견디는 듯하다

대서는 24절기 중 열두 번째에 해당하는 절기이며 장미가 끝나고 더위가
가장 심한 때이다. "염소뿔도 녹는다."는 속담이 있을 정도로 여름의 최절정기
라고 할 수 있다. 여름의 한가운데, 가장 뜨겁고 눈부신 계절에 누군가가 세
상을 떠났다. "해 지고 흰나비가 스치면 초상을 치른다"고 이야기해준 사람이
바로 그 "흰나비로/날아가고" 만 것이다.

가장 견디기 힘든 것은 누군가가 사라지고 난 다음에도 세상은 아무렇지도
않게 계속되며 그 사람이 없는 세상에도 햇살은 똑같이 찬란히 빛난다는 사실
이다. 여름은 가장 푸르고 싱그러운 때인 것 같지만, 추위가 아니라 더위도 무
언가를 죽게 할 수 있다. "낙과가 거뭇해지고/더위에 지친 가축이 초원에 쓰
러지"는 것처럼, 비극은 추위와 어둠 속에서만 일어나는 것이 아니다. 아무것
도 숨길 수 없는 한낮, 옷깃이라도 여밀 수 없는 더위 속에서 일어나기도 한
다. 마음과 기억을 함께 나누던 어떤 사람이 사라진 후 그 빈자리를 뻔히 바라
보며 살아야 한다는 것이 못 견디게 괴롭더라도 시간은 또 흘러가고, 계절은
거짓말처럼 바뀔 것이다. 하지만 흘러가고, 바뀌기 전까지는 어떻게 버텨야
하나? 해가 채 지지 않은 하늘에선 "허공도 먹빛을 견디는 듯하"다. "미래니/
사랑이니 하는 말들은" 그냥 "느지막한 발자국이나 눈가를 비비는 표정"처럼,
이미 사라진 것의 쓸쓸한 흔적이나 닦아내야 할 슬픔, 깊은 피로감처럼 남아
있다. "영정을 들고서 걸었던 바람"의 느낌은 스치는 바람결마다 자꾸 돌아보
게 만들고, 꿈속에서는 여전히 추억처럼 흰나비가 떠돈다. "손을 건네면 아직
닿을 것 같"지만 너무나 멀다. 이렇게 깊은 잔상을 남기는 시가 있다. 읽는 것
만으로도 상처가 나는 것처럼 아려온다. (a)

현악사중주

최종천

오래전 달동네 골목을 거닐다 벽에 기대어 들었던
가난한 집의 숟가락 젓가락이 밥그릇에 부딪는 소리
기침 소리 가끔 울리는 늙은이의 저음은
어떤 현악사중주보다 더 아름다웠다.
고독할 줄을 모르는 인간을 꾸중하는
신의 넋두리와도 같았다.

현악사중주는 얼굴이 까맣고 미남이라고는 볼 수 없는
베토벤의 실연 증후군 같은 것이다.
거기에는 분노와 오열 농담과 냉소가 서려 있다.
난, 뭐 바흐보다는
베토벤의 탕아(蕩兒)적 기질이 더 좋지만
제대로 된 현악사중주를 듣기 위해선,
저녁 먹는 때에
변두리 가난한 동네 골목을 돌아다니면 된다.

밥그릇이 비어갈수록
소리가 맑아진다.
어떤 악기도 그 소리는 내지 못한다.
이윽고 아기의 칭얼대는 소리
나는 조용히 돌아서서,
베토벤처럼 얼굴이 그을린 달을 보았다.

(『시와사람』 2022년 여름호)

기침 소리 가끔 울리는 늙은이의 저음은
어떤 현악사중주보다 더 아름다웠다

위의 작품은 노동가요를 중심으로 민중 노래를 창작하고 부르는 모임인 '꽃다지'와 안치환 가수가 부른 〈사람이 꽃보다 아름다워〉의 가사가 연상된다. 노래 가사에 따르면 강물 같은 노래를 품고 사는 이와 지독한 외로움에 쩔쩔매본 이는 사람이 꽃보다 아름다운 것을 아는데, 그 이유는 노래의 온기를 품고 사는 사람이기 때문이다.

화자는 "가난한 집의 숟가락 젓가락이 밥그릇에 부딪는 소리/기침 소리 가끔 울리는 늙은이의 저음은/어떤 현악사중주보다 더 아름"답다고 느낀다. "밥그릇이 비어갈수록/소리가 맑아"지는데, "어떤 악기도 그 소리는 내지 못"한다고 여긴다. 그 이유 역시 노래의 온기가 느껴지기 때문이다. 가난한 사람들이 밥상에 둘러앉아 식사하는 소리는 진정 아름다운 "현악사중주"이다. "아기의 칭얼대는 소리"는 더욱 그러하다. (b)

파고

최지인

무너지는 식료품점 아래 지하 창고 몇 주 동안 숨어 지낸 사람들 물
과 전기 등이 끊긴 봄 어머니를 묻은 가족들
　글쎄,
　길어지는 전쟁과
　떠날 수 없는 자들

　한 시절
　젊은이들은
　가능을 팔아
　불가능을 얻을 뿐

　무한은 이상해
　큰 것은 너무 크고
　작은 것은 너무 작아서

　주요 국가가 확보한 백신이 폐기되고 있다
　기후 위기
　달구어진 아스팔트
　이봐요
　무얼 찾고 있나요

　나 좀 살려다오
　일에 보람이 없어

다르게 살 수 있다
어쩌면
더는 나빠질 수 없을 만큼
거리 곳곳에서

흙더미가 마을을 덮쳤다

성장의 끝
노동 착취가 합법적으로 이뤄지고 있다

흙바닥에서 펄떡거리는 블루길
다정다감한 신의 얼굴
꽉 막힌 내부순환로

왜 죽은 자는 떠나지 않나

도시가 잠기고 있다

지독한 안개 속
점멸하는
비상등

인간은 왜 자연을 껑충 뛰어넘어야 하는지

한창때 아버지가 전투복을 입고 건초 더미에 기대어 있다 내가 나기
전에 죽은
지나가버려서
아름다운 것

할아버지는 백병전에서 살아남았다

당신이 나를 그리워했으면 좋겠다

고목처럼
서서 쓴 것들

더럽고 치졸하며
정직한

미래를 갖고 싶다

뒤돌아봐
우리가 얼마나 왔는지

(『자음과모음』 2022년 가을호)

이 시에는 비극적 전쟁, 참담한 재난, 기후 위기, 노동 착취 등 암울한 현실이 그려져 있다. 엎친 데 덮친 격으로 나쁜데 더 나빠지는 상황의 연속이다. 전쟁은 길어지고 "젊은이들은/가능을 팔아/불가능을 얻을 뿐"이고 "흙더미가 마을을 덮쳤"고 "노동 착취가 합법적으로 이뤄지고 있다". 그러나 우리는 "떠날 수 없는 자들", 여기가 아닌 다른 곳은 없고 "더는 나빠질 수 없을 만큼" 나쁜 이곳이 유일한 삶터이다. "성장의 끝"은 파멸뿐인가. "흙바닥에서 펄떡거리는 블루길"은 살 수 없는 곳에서 살아야 하는 우리의 모습이고 "다정다감한 신의 얼굴"은 지난 시절에 사라진 믿음이고 "꽉 막힌 내부순환로"는 출구 없는 지금의 현실이다. "도시가 잠기고 있다". 여기에 이르기까지 인간이 추구해온 '성장'은 도대체 무엇이었을까? "인간은 왜 자연을 껑충 뛰어넘"으려는 욕망으로 이 지경까지 달려온 것일까? "아름다운 것"은 지나가버린 것에만 있고 뛰어넘었다고 생각한 자연은 미래를 상실했다. 화자에게는 이제 "고목처럼/서서 쓴 것들"만 남았다. 그것들이 "우리가 얼마나 왔는지" 뒤돌아보게 해준다면 이 세계의 파고를 견딜 수 있을지도 모른다. 지금 우리가 소망하기에 합당한 것은 "더럽고 치졸하며/정직한" 미래이며, 우리를 이끌어줄 것은 "지독한 안개 속/점멸하는/비상등"뿐이다. 이 시는 조금 앞당겨본 디스토피아적 미래에서 아직은 가능성이 있는 현재를 돌아보게 하려는 시간 투쟁의 결과물이라 할 수 있다. (c)

나의 실패
— 날개 달린 것들

여름과 매미
평범한 짝꿍
이제 짐짓 아는 체하는 일에 지쳤어
여름이고 다 자라버려서 매미가 울고 있을 뿐인데
거기서 비의와 교의를 찾는 일 따위

매미가 우는 일에
매미처럼 울지도 못할 거면서

통곡은 몸에서 멀고

늦은 오후, 흑색 도시는 매연으로 부풀어
사람의 마음에 기관지를 달고
금방이라도 터져 나올 게 있다는 걸
틀어막아야 할 검은 입가가 있다는 걸 알게 한다

어디를 가려야 할지 모르는 사람들은
대충 눈을 감고 팔짱을 낀다
길인지 굴인지 모를 갱도의 각도로
자신을 접는 방식으로
지하철과 버스에 앉아 퇴근을 하고

너는 높은 곳으로 갔다

나약하고 조악한 사람
우리가 조금 더 어렸더라면
손에 쥐여줄 지폐와 동전을 가지고 다녔을 텐데
잡동사니 하나 없는 호주머니가 미래적인 것이라면
더 먼 미래에 갑자기 떠나가는 사람에게
황급히 무엇을 꺼내야 하나

주머니 대신 주머니가 되는
그런 게 미래의 아름다움이라면
아아, 이제 그만할래

골목에서 비스듬히 돌담에 기대
네게 하고 싶은 말, 문자메시지를 적고 있는데
하필이면 발밑으로 매미가 죽어 있다

새카맣게

날개를 접으면
양문으로 닫힌 관이 된다는 걸

여름의 모든 바닥,
네가 높이 갔으므로
이 말은 너에게 하지 않기로 한다

(『문장웹진』 2022년 10월호)

날개를 접으면
양문으로 닫힌 관이 된다는 걸

　　이 시는 애도의 실패에 대한 이야기로 읽힌다. "너는 높은 곳으로 갔다"라
고 말하는 화자는 너에 대한 애착과 몰두를 철회하(지 못하)는 과정을 겪고 있
다. "여름과 매미"라는 "평범한 짝꿍"에서 "비의와 교의를 찾는 일 따위"에 지
쳤다고 말하지만, 이 시는 처음부터 끝까지 "여름과 매미"에 대한 비유로 전
개되고 있다. 화자는 지금 애도의 감정을 밖으로 폭발시키지 못하고 있다. "통
곡은 몸에서 멀고" "금방이라도 터져 나올 게 있다는 걸" "틀어막아야 할 검
은 입가가 있다는 걸" 깨닫고 있다. 화자의 눈에는 지하철과 버스에 앉아 있
는 사람들도 저마다 터져 나올 것이 있어 "자신을 접는 방식으로" 견디고 있
는 것처럼 보인다. 우리는 "잡동사니 하나 없는 호주머니"로 살았던 것 같다.
그게 가까운 미래를 준비하는 태도라고 믿었는지도 모른다. 하지만 "더 먼 미
래에 갑자기 떠나가는 사람"이 생길 거라고는 생각도 못 했던 것이다. 우리의
미래에는 같이 살아갈 미래뿐 아니라 누군가를 상실할 미래도 있을 수 있다는
걸, 그때 "황급히 무엇을 꺼내야" 할 일이 생길 수도 있다는 걸 몰랐던 것이
다. 그래도 "네게 하고 싶은 말"이 남아 있는데, "비의와 교의" 따위는 내다 버
리려 했는데, 문득 발밑에 죽은 매미가 애도의 감정을 완성해준다. "날개를 접
으면/양문으로 닫힌 관이 된다는 걸", 그러니까 너는 "여름의 모든 바다"로
높이 날아갔다는 걸, '날개 달린 것들'의 운명은 바다에 있다는 걸 이제는 완
연히 받아들이게 되는 것이다. (c)

아프가니스탄 아이

하종오

아프가니스탄에서 아빠 엄마 따라 한국으로 온 아이는
아프가니스탄에 남은 할아버지 할머니를 생각할 것이다
가을 들판에서 익어가는 벼들을 바라보며
할아버지 할머니가 짓던 농사를 떠올려볼 것이다
탈레반이 총을 쏘고 포탄을 터뜨리며
왜 사람들을 죽이고 건물을 파괴했는지,
왜 가족이 다급하게 집을 떠나 비행기를 타야 했는지,
그 이유를 아이는 다 이해하지 못하면서도
전쟁만 끝난다면, 전쟁만 하지 않는다면
시골에서 농사일을 하는 생활이 좋다던
할아버지 할머니를 몹시 걱정할 것이다

그리고 아프가니스탄에서 아빠 엄마 따라 한국으로 온 아이는
아프가니스탄에 남은 친구들을 생각할 것이다
가을볕이 따가운 날엔 운동장에서 공놀이하다가
가을비가 내리는 날엔 숙소에서 골목길을 내다보다가
축구 골대가 있는 학교 운동장과
골목길에 나가면 구멍가게가 있는 동네를
아이는 마음속으로 그리워할 것이다
이제 탈레반이 다스리는 아프가니스탄으로
왜 아빠 엄마는 영영 돌아갈 수 없는지
왜 한국에서 살아가야 하는지

그 이유를 아이는 다 이해하지 못하면서도
학교 문이 열려서 여선생님 모두 출근해 잘 가르치고 있는지
친구들이 등교하여 잘 배우고 있는지 몹시 걱정할 것이다

(『현대문학』 2022년 1월호)

가을 들판에서 익어가는 벼들을 바라보며
할아버지 할머니가 짓던 농사를 떠올려볼 것이다

아프가니스탄에서는 자그마치 20년 동안 긴 전쟁이 계속되었다. 전쟁이 장기화되며 그 안에선 군인들도, 민간인들도 세대교체가 되었다. 전쟁 초기에는 태어나지도 않았던 아이들이 입대 가능 연령이 되었기 때문에 "한 세대의 전쟁"이라는 별명이 생기기도 했다. "아프가니스탄에서 아빠 엄마 따라 한국으로 온 아이"는 전쟁보다 "아프가니스탄에 남은 할아버지 할머니"나 두고온 친구들을 더 잘 기억할 것이다. 전쟁의 한복판에서 태어난 아이들에게 전쟁은 그저 비극적인 세계의 조건일 뿐 그 안에서 지키고 싶었던 소중한 것들만이 삶의 일부로 기억되며 그리워진다. "탈레반이 총을 쏘고 포탄을 터뜨리며/왜 사람들을 죽이고 건물을 파괴했는지,/왜 가족이 다급하게 집을 떠나 비행기를 타야 했는지,/그 이유를 아이는 다 이해하지 못하"고, 그것들이 아이에게 중요하지도 않다. "가을볕이 따가운 날엔 운동장에서 공놀이하다가/가을비가 내리는 날엔 숙소에서 골목길을 내다보다가" 문득문득 생각나는 건그저 곁에 있었던 따뜻한 사람들이다. "축구 골대가 있는 학교 운동장과/골목길에 나가면 구멍가게가 있는 동네를/아이는 마음속으로 그리워할 것이다".

전쟁이 아니라도 사람들을 파멸시키는 온갖 재난과 분열, 혐오와 대립이 넘치는 시대다. 폭력 앞에 놓인 사람들에게 더 간절한 것은 폭력의 이유보다 폭력을 멈출 수 있는 방법이다. 어떤 폭력은 너무 오래되면 최초의 이유가 흐려지거나 생각나지 않게 되기도 하고, 증오와 고통만이 남기도 한다. 그렇게 되면 더 멈추기가 힘들어진다.

아프가니스탄이든, 한국이든 사람들을 먹이고 살리는 것은 "가을 들판에서 익어가는 벼들"이다. 이것을 키우고 거두어 사람들에게 먹이려는 마음이 폭력을 종식시킬 수 있는 힘이다. 아이는 그저 한국의 들판에서 익어가는 곡식을 보며 "할아버지 할머니가 짓던 농사를 떠올려볼" 뿐이다. 기억해야 할 것은 재난의 한 가운데서도 사랑이 있었고, 사람들을 먹이고 돌보는 이들이 있었다는 것이다. 그저 아이는 "학교 문이 열려서 여선생님 모두 출근해 잘 가르치고 있는지/친구들이 등교하여 잘 배우고 있는지 몹시 걱정할 것이다." 그리고 그러한 염려의 마음이 인간을 지킬 마지막 힘이 된다. (a)

여몽환포영

황유원

죽어도 된다
우린 그날 저승처럼 컴컴한 해변에 앉아 있다가
안전요원들의 눈을 피해 하나둘 밤바다로 뛰어들었지

안전하지 않아도 된다
파도 소리의 저음에 경박한 호루라기 소리 섞어주며 우린 밤새
속초의 밤바다 잠들지 않게 했지

사실 난 죽을까 봐 좀 무서워서
그다음부턴 뛰어들지 않았고
너만 혼자 계속 바다로 뛰어들었지만……

잠들면 안 돼! 우린 여기서 밤새 놀다 가야 하니까
어차피 죽음을 삶에 좀 섞어보는 거다
그 역(逆)이 아니라

아까 그 안전요원을 몇 번이나 빡치게 만들며
너는 침대에 몸이라도 누이듯 또 한번 밤바다에 드러누웠지
그게 벌써 오륙 년 전 여름의 일이고

불을 끈다고 하루가 끝나는 건 아니어서
불을 끄면 기다렸다는 듯
밀려오는 물결들

내가 더 이상 해변에서 잠들지 않으므로
간혹 해변이 내 곁으로 와
쓰러져 잠드는 밤이 있고

그런 밤이면 몰래 자리에서 일어나
어둔 밤의 해변을 홀로 거닐기도 했다
젖은 모래 위에 如, 夢, 幻, 泡, 影*

손끝으로 한 자 한 자 써보며
꿈 같고, 허깨비 같고, 물거품 같다는 말
또 그림자 같다는 말을 문신처럼 새겨넣었다

우리 조금만 더 죽자
진짜 죽음이 있기 전에
하고 기도하던 밤이 있었다

파도의 포말처럼
기도가 새하얘져
해풍에 흔들리다 꺼져버리던 밤이 있었다

* 『금강경』 사구게(四句偈)에 포함된 비유.

(『현대시』 2022년 3월호)

꿈 같고, 허깨비 같고, 물거품 같다는 말
또 그림자 같다는 말을 문신처럼 새겨넣었다

이 시에 그려진 여름밤의 풍경은 얼마나 아름답고 낭만적인가. "파도 소리의 저음"과 "경박한 호루라기 소리"가 선명하게 들려올 것 같은 이 풍경 속에서 삶과 죽음이 숨바꼭질을 하고 있다. "죽어도 된다", "안전하지 않아도 된다"는 마음은 그 마음 먹음 자체만으로 우리에게 해방감을 준다. 때로는 "죽을까 봐 좀 무서"운 마음과 싸우기도 하지만 "어차피 죽음을 삶에 좀 섞어보는 거다". 그것은 놀이 같고 모험 같고 객기 같지만 실은 아주 먼 미래까지 남을 독특한 기억의 질감을 만들어내는 일종의 창작이기도 하다. 이 아름다운 기억은 시간과 공간을 초월할 만큼 선명해서 "불을 끄면 기다렸다는 듯" 밀려오고 세월이 지나도, "더 이상 해변에서 잠들지" 않아도 언제든 "내 곁으로" 온다. 이 기억에 이름을 붙인다면 딱 알맞은 것이 "如, 夢, 幻, 泡, 影" 다섯 글자. 통째로 의미화된 하나의 경구가 아니라 "젖은 모래 위에" 다섯 글자의 획을 "손끝으로 한 자 한 자 써보며" 뜻을 새길 때의 이미지와 소리와 느낌의 결합체가 저 기억의 이름이다. "꿈 같고, 허깨비 같고, 물거품 같"고 "그림자 같다"는 말뜻 그대로 모래 위의 글자는 파도에 휩쓸려 흔적도 없이 지워졌겠지만 그 여름밤의 기억만큼은 "문신처럼" 나에게 새겨졌을 것이다. "진짜 죽음이 있기 전에" "우리 조금만 더 죽자"고 기도하던 밤이 이 죽음 같은 삶을 조금만 더 살게 할 줄을 그때는 알지 못했을 것이다. (c)

구름 사이로 빛이 보이면

초판 1쇄 인쇄 · 2023년 3월 25일
초판 1쇄 발행 · 2023년 3월 31일

엮은이 · 김지윤, 맹문재, 오연경
펴낸이 · 한봉숙
펴낸곳 · 푸른사상사

주간 · 맹문재 | 편집 · 지순이 | 교정 · 김수란, 노현정 | 마케팅 · 한정규
등록 · 1999년 7월 8일 제2-2876호
주소 · 경기도 파주시 회동길 337-16(서패동 470-6)
대표전화 · 031) 955-9111(2) | 팩시밀리 · 031) 955-9114
이메일 · prun21c@hanmail.net / prunsasang@naver.com
홈페이지 · http://www.prun21c.com

ⓒ 김지윤, 맹문재, 오연경, 2023

ISBN 979-11-308-2023-1   03810

값 18,500원

2023
오늘의
좋은
시